세월은 흐르는 것이 아니라 쌓이는 것이다

세월은 흐르는 것이 아니라 쌓이는 것이다

김성근·김운경 외 지음

페이퍼로드
paperroad

"세월은 그냥 흘러가버리지 않습니다. 어딘가에 차곡차곡 쌓입니다. 쓸모없는 세월이란 없습니다. 공자가 논했듯 세월이 쌓여 40에는 유혹에 빠지지 않고(不惑), 50에 하늘의 뜻을 알고(知天命), 60에 순리대로 살게 되고(耳順), 70에는 하고 싶은 대로 다 해도(從心) 되는 겁니다. 노마지지(老馬之智)라는 말이 있지요. 중국 춘추시대 제나라 재상 관중은 전쟁 통에 길을 잃었을 때 늙은 말을 풀어 길을 찾았습니다. 젊은 말은 빠르지만 늙은 말은 지름길을 압니다. 세월은 지혜입니다. 머물지 않는 세월, 나이 듦은 복입니다."

본서의 서두를 장식하는 언론인 이영만 사장 글의 한 대목입니다. 편집자의 애매한 기획의도를 명료하게 만드는 대목이 아닐 수 없습니다. 40을 불혹이라 했지만 격변하는 세월 속에서 40은 불혹이라기보다 유혹 속에 노출되는 철없는 연배인 것 같습니다.

50을 막 바라보는 〈한겨레〉 권태호 기자는 그래서 "이제라도 좀 더 '성숙'한 어른이 되려 애써보려" 한다고 이야기합니다. 철은 들지 않았지만 생물학적으로 50을 바라보는 나이가 되면 아무래도 한풀 꺾인 몸과 마음임을 인정하지 않을 수 없습니다.

그럼에도 이 책에 글을 주신 '어른'들은 세월의 무상함이 아니라 나이 듦의 즐거움을 전합니다. 40여 년을 야구 지도자로 보낸 고양원더스 김성근 감독은 오히려 나이를 의식하지 않는다고 합니다. 나이를 생각하는 순간, 갈 준비를 해야 한다는 것입니다. 60대 중반까지는 언론인으로 그리고 80 중반에 이른 인생의 후반전은 저술가이자 200권이 넘는 책을 번역하며 활발히 활동하고 계시는 김욱 선생은 아예 당신을 '못된 늙은 놈'이라고 지칭합니다. 인생이란 벼랑 끝에서 누군가에게 떠밀려 떨어지느니 스스로 뛰어내려 운명을 개척하는 '못된 늙은 놈'이 되겠다는 것입니다. 쉰도 안 된 주제에 세월 타령이나 하는 소심한 중년에게는 등짝을 후려치는 죽비 소리가 아닐까 합니다.

〈한지붕 세가족〉, 〈서울의 달〉, 〈파랑새는 있다〉 등 아직도 기억에 생생한 서민 드라마를 써온 김운경 작가는 특유의 해학과 유머를 살리면서도 삶의 그윽한 향기와 지혜를 전해주는 글을 보내왔습니다. 돌아가신 선생의 모친은 생전에 "애야, 늙어서 좋은 것은 호박밖에 없다. 반질반질 때깔이 장히 고우냐"고 하셨답니다. 선생은 "어머니 나무도 늙을수록 좋아요. 오래 묵은 나무 주름이 얼마나 멋있는데요"라고 화답합니다. 그 좋은 세월, 얼마 남지 않은 세월에 유유자적할 틈이 없답니다. 아름다운 드라마도 써야 하고, 인생은 살 만한 가치가 있다고 말할 수 있어야 한다고 다짐합니다. 『동양철학 에세이』의 저자로도 유명한 호서대 김교빈 교수 역시 60을 지나면서 '갈 길이 온 길보다는 짧을 것'이라 인정하면서도 중요한 것은 '얼마나 남았는가보다는 어떻게 살아갈 것인가'라고 합니다. 그러기에 가족에게 남길 글을 이리저리 준비하는 마음으로 나이 먹고 나이 들어가려 한답니다. 새겨들을 얘기가 아닌가 합니다. 30년이 넘는 시간 동안 영화 연출과 드라마 연출을 하셨던 김수동 전 KBS 예능국장은 평생 잊히지 않는 세 사람의 군인 이야기를 보내왔습니다. 한국전쟁 때 학병으로 나가 16살에 전사했던 고등학교 동창생, 인민군 출신으로 투항해 3군 사관학교 교장까지 지냈던 정봉욱 장군의 이야기, 그리고 포항제철 홍보 영화를 찍으며 만났던 군인 출신 사장 박태준이 그들입니다. 어린 시절 겪어야 했던 친구의 죽음과 한국 현대사를 일궈온 두 장군과의 사연은 한 개인이 어떻게 현대사를 만났는가하는 것을 질박하게 보여줍니다.

이 글에서 일일이 언급하지 못했지만 그 밖의 많은 분이 세월과 시간의 의미를 탐색하는 좋은 글을 보내주셨습니다. 모쪼록 삶과 세월의 의미를 묻는 이 글들이 독자 여러분의 시간을 차곡차곡 세월의 지혜로 채우는 한 마디 격려와 위로가 되었으면 합니다.

1부 세월을 묻다

2부 사람을 묻다

3부 시간을 묻다

느린 세월도 있는 겁니다

이영만_언론인

특별히 새로울 것은 없습니다. 그다지 눈여겨볼 것도 없습니다. 고작 20평 남짓이고 25년여 동안 쭉 봐온 마당이니까요. 하지만 늘 새롭습니다. 볼수록 볼 것이 많고 가르쳐주는 것도 참 많습니다.

89년 여름, 처음 이사해왔을 때 마당은 좀 썰렁했습니다. 우물 하나, 단풍나무 한 그루, 앵두나무 한 그루, 사철장미 몇 송이 그리고 시골집 헛간 비슷한 창고 정도가 전부였습니다. 그래도 마당이 있다는 게 좋았고 꾸밀 수 있는 공간이 있어 즐거웠습니다.

봄이 오길 애타게 기다렸습니다. 성남 모란시장, 구파발 꽃시장, 종로 꽃시장을 돌아다니며 나무를 사고 지인들에게 얻어다 심기도 했습니다. 그런데 참 이상하지요. 가을이 됐는데 단풍나무에 단풍이 들지 않았습니다. 봄이 왔음에도 우물가의 앵두나무가 꽃을 피우지 않았고요.

청단풍이라서 그렇다고 말하는 사람도 있었습니다. 그렇게 한두 해를 지켜보다 단풍나무를 동편 담 쪽으로 옮겨 심었습니다. 키가 2미터는 족히 되지만 이웃집 담 밑이라 아무래도 햇빛이 부족해보였습니다. 늦여름부터 조금씩 다른 기운이 돈다 싶더니 시월 말이 되자 붉은 물감을 뿌려놓은 것처럼 화려하게 변신했습니다. 아침 햇살을 온몸 가득 맞으며 찬란하게 빛나는 '단풍이 들지 않던 단풍나무'. 옮겨보지 않고, 기다려보지 않고 베어버렸다면 얼마나 어리석은 짓이었을까요.

'앵두나무 우물가에 동네처녀 바람났네'로 시작해 '이쁜이도 금순이도 단봇짐을 쌌다네'로 끝나는 옛날 대중가요 때문에 '우물가 앵두'도 서러운 신세가 될 뻔 했습니다. 꽃이 피지 않는 지저분한 나무였지만 혹시나 하는 마음으로 3년여를 지켜봤습니다. 그래도 그저 잎만 무성하게 매달고 있을 뿐이었지요. 노래대로라면 분명 우물가에서 잘 커야 하는 건데, 혹시나 싶어 탐문해보니 물을 그렇게 좋아하지 않는다는 것이었습니다. 노래 속의 앵두는 우물가에 있긴 했지만 그 우물이 양지 바른 곳이어서 생육에 전혀 문제가 없었던 걸 놓친 겁니다.

뿌리가 워낙 깊어 옮기다가 죽으면 어쩌지 하는 걱정이 있었지만, 꽃을 피우지 않고 열매를 맺지 못하면 살아도 그저 고목 신세일 테니 죽어도 할 수 없다는 심정으로 터를 옮겼습니다. 습기는 덜 하지만 한나절 햇볕은 충분히 받아들일 수 있는 동편 담벼락 끝으로요. 이듬해 앵두나무는 '그게 왜 내 잘못이냐'고 따지기라도 하듯 하얀 꽃을 마구 뿜어냈습니다. 수천의 그 작은 꽃잎들이 살랑거리는 봄바람 장단에 맞춰 너울거리는 모습은 보지 않고선 감히 아름다움을 논할 수 없습니다. 꽃이 떨어져나간 곳에서 톡 솟아오르는, 작아서 더욱 붉은 열매. 감탄 속에 튀어나오는

아, 앵두입니다.

세월은 그래저래 약인 겁니다.

이사한 이듬해 봄에 감나무와 대추나무를 심었습니다. 감나무는 10년생이었고 대추나무는 겨우 몸을 지탱할 정도의 작은 것이었습니다. 손가락 굵기의 대추나무가 언제 자라 열매를 맺을까 싶었습니다마는, 지금은 치매로 고생하시는 장모님이 진짜 시골 대추나무라며 달랑달랑 들고 오셨기에 마지못해 심었습니다.

감나무는 그해 가을부터 단감을 달았습니다. 50여 개 남짓이었지만 흐뭇했습니다. 그 이듬해에는 100여 개를 달더니 4~5년이 지나자 400~500개를 주렁주렁 매달았습니다. 어느 날인가부

터 이웃들은 우리 집을 감나무 집으로 부르고 있었습니다.

그런데 어느 해 갑자기 감나무가 침묵에 잠겼습니다. 분명 죽지도 않았고 꽃도 그럭저럭 피운 것 같았는데 감을 거의 매달지 않았습니다. 수년 간 그런 일이 없었기에 많이 당황했습니다. 양분이 부족했던 건 아닌지, 병에 걸린 건 아닌지, 가지치기를 제대로 하지 않아 그런 건 아닌지, 감나무는 사람 소리를 들어야 감을 매달고 맛을 낸다는데 너무 무심했던 것은 아닌지…. 사실 즐기기만 했지 잘해준 기억이 없었습니다.

사실은 그냥 해거름이었습니다. 이듬해 감나무는 다시 탐스런 열매를 맺어 가을의 정취를 더했습니다. 이젠 감이 열리지 않아도 대수롭지 않게 넘어갑니다. 녀석은 그래도 비교적 성격이 괜찮은 편입니다. 해거름을 해도 심하지 않고 5~6년에 한 번씩 완전히 쉬는 정도입니다. 35년생의 아름드리로 한여름엔 꽤나 널찍한 그늘까지 만들어줍니다.

세월은 경험입니다. 그만큼 겪지 않았다면 편안하게 믿고 기다릴 수는 없었을 겁니다.

대추나무는 애써 잊어버리고 살았습니다. 잘 자랄지도 의심스러웠지만 죽는다한들 안타까울 것도 없었습니다. 차라리 죽었으

제나라 재상 관중은 전쟁 통에 길을 잃었을 때
늙은 말을 풀어 길을 찾았습니다.
젊은 말은 빠르지만 늙은 말은 지름길을 압니다.
세월은 지혜입니다.

면 좋겠다는 생각도 했습니다. 그러면 굵고 튼실한 놈을 사다 심을 수도 있을 테니까요. 만 원이면 1년생을 살 수 있는데… 볼 때마다 눈총을 쏴대도 대추나무는 아랑곳하지 않았습니다. 두고 보라는 듯 몸집을 차근차근 불려나갔습니다. 뜨거운 여름에도, 추운 겨울에도 쉬는 법이 없는 것 같았습니다. 그러지 않고서야 돌아보면 커져 있고, 다시 보면 어느새 또 커져 있을 수는 없었겠죠. 5년이 흘렀습니다. 제법 나무가 되었습니다. 그리고 또 몇 년, 거짓말처럼 대추가 달렸습니다.

충청도 어느 시골 초등학교 운동장에 여름이면 아이들의 땀을 식혀주는 큰 느티나무가 있습니다. 아이들은 그저 벗 삼아 놀지만 느티나무는 아픈 사연을 간직하고 있습니다. 초등학교 3학년 겨울, 한 아이가 사고로 세상을 떠났습니다. 어머니는 먼저 간 아이를 가슴에 묻는 대신 운동장에 작은 느티나무를 심었습니다. 아이의 키 크기 정도였죠. 어머니는 아이 생각이 날 때마다 느티나무를 찾았습니다. 느티나무는 어머니의 사랑을 듬뿍 받았습니다. 그렇게 25년이 지났습니다. 아이 키 정도였던 느티나무는 아름드리나무로 자라 많은 아이들의 쉼터가 되고 놀이터가 되었습니다.

대추나무도 어느덧 25년의 세월을 먹었습니다. 키가 훌쩍 커 담 밖을 내다보고 몸통도 양손바닥으로 다 감쌀 수 없을 정도입니다. 해마다 대추를 줄줄이 매답니다. 이젠 혹여 병에라도 걸려 갑자기 죽을까봐 걱정 어린 마음으로 늘 지켜봅니다.

세월은 참 그렇게 대단합니다. 힘이고 자양분입니다.

어느 해에는 목련과 자두나무를 심었습니다. 목련은 동쪽, 자두나무는 서쪽 장독대 가운데. 작은 집이라 동쪽, 서쪽을 가릴게 없지만 굳이 따지자면 그렇다는 겁니다. 품종을 잘못 고른 탓인지 둘 다 꽃을 내밀지 않았습니다. 이번에도 세월의 힘을 믿기로 했습니다. 3년여가 훌쩍 지났는데도 마찬가지였습니다. 뽑아버릴까 하다가 목련은 잎 모양새만으로도 가치가 있어 내버려두었고 자두는 키가 제법 커 그늘을 만들기에 놔뒀습니다.

5년쯤 지난 어느 봄날 목련이 마침내 기지개를 켜기 시작했습니다. 기다리지도 않았는데 열댓 송이나 피워 올렸습니다. 덩치에 비해 꽃 개수가 적은 걸 부끄럽게 여겼던 겐지 일단 핀 꽃은 모란보다 더 컸습니다. 다시 5년이 지난 지금 이 백목련은 수백 송이의 꽃을 피웁니다. 꽃의 크기도 다른 집 목련과는 비교가 되지 않습니다. 목련이 만개할 즈음 주변은 온통 하얗습니다. 대기만성(大器晩成)이라는 것도 있는 겁니다.

세월은 허투루 가는 법이 없는 것 같습니다. 쉬고 있는 것 같아도 늘 다음 세월을 준비하는 나무처럼요.

자두는 여전합니다. 세월과는 무관한 이유가 있었습니다. 수분수인지 뭔지를 같이 심어줘야 한다는데 자리가 없어 한 그루만 심었기 때문입니다. 두 그루를 함께 심었더라면 이미 꽃피고 열매를 맺었을 텐데 무지의 소치로 자두만 불쌍하게 된 거지요. 관심을 쏟을 시간이 충분했음에도 노력하지 않았던 탓인 겁니다.

세월은 쓰는 사람의 몫입니다. 아무리 시간이 많아도 쓸 줄 모르면 아무런 소용이 없습니다. 세상에 공짜는 절대 없습니다.

국화는 주인을 잘못 만나 애꿎게 된서리를 맞았습니다. 마당 한쪽에 이른 봄부터 짙푸른 잎을 달고 있는 풀이 있었습니다. 심은 기억은 없지만 흔한 잡풀 같지는 않아 내버려두었습니다. 그런데 이 녀석은 여름이 다가고 가을이 와도 꿈쩍하지 않았습니다. 꽃도 못 피우면서 자리만 차지하고 있으니 왠지 더 지저분해 보여

10월 초쯤에 잘라버렸습니다. 이듬해 같은 자리에 또 녀석이 고개를 내밀었습니다. 일찌감치 없애버릴까 하다가 하는 짓이 범상치 않아 못 본 척했습니다. 가만 내버려두는 것이 그리 힘든 일은 아니니까요.

비슷한 시기에 줄기를 뻗친 모든 풀과 나무들이 꽃에 이어 열매까지 매달고 떨어뜨린 후에도 녀석은 변함없이 그 모양이었습니다. 다시 베어내야 할까 생각이 많아지던 10월 중순쯤 녀석이 조그만 알갱이들을 내뿜었습니다.

그때서야 비로소 떠오른 시구.

한 송이의 국화꽃을 피우기 위해/ 봄부터 소쩍새는 그렇게 울었고/ 천둥은 먹구름 속에서 또 그렇게 울었나보다

참 오랜 시간 뜸을 들이는 들국이었습니다. 봄이 오는 길목에 솟아나 겨울로 가는 11월의 길목에서야 그렇게 홀로 만개해 있으니 그 자태가 더더욱 아름답습니다. 3월 어느 날 일찌감치 솟아 푸르더니 찬 서리 내리고 가을바람 스산한 텅 빈 뜰에 느지막이 피었다 그리움인 양 아쉬움인 양, 세월은 그렇게 기다림이기도 합니다.

보통은 세월부대인(歲月不待人)이 맞겠지요. 세월은 사람을 기다

리지 않으니 시간을 소중하게 아껴 쓰는 게 맞을 겁니다. 하지만 더러는 때가 오기를 기약 없이 기다려야 할 때도 있는 듯합니다. 느린 세월도 의외로 꽤 있습니다. 기약이 없다는 것은 기다리는 사람의 입장에서 그렇다는 것이지 오는 세월은 반드시 오게 마련입니다.

8, 9월의 그 험한 태풍을 몇 차례나 맞고도 국화는 끄떡없었습니다. 모양새가 좀 흐트러진 게 안쓰럽기도 하고, 거센 바람에 흐느끼면서도 잘 견딘 녀석이 대견해 뒤늦게 받침대를 세우고 단단하게 묶어주었습니다. 하지만 며칠 후 둘러보니 꽃대 절반부가 꺾여 있었습니다. 그다지 큰 바람도 없었는데 말입니다. 흔들리는 것은 흔들리게 놔둬야 버틸 수 있는 법인데 흔들리지 못하게 막아버려서 일이 터진 것이었습니다.

흔들려야 할 세월에는 흔들려야 합니다. '흔들리지 않고 피는 꽃 없고, 젖지 않고 가는 삶 없다'고 했건만 흔들리면서 6개월을 잘 보낸 후 2개월을 남기고 절명한 국화에게 지금도 미안합니다.

그런 시간들이 모여 우리 집 마당은 늘 환합니다.

세월은 그냥 흘러가버리지 않습니다. 어딘가에 차곡차곡 쌓입니다.

쓸모없는 세월이란 없습니다. 공자가 논했듯 세월이 쌓여 40에는 유혹에 빠지지 않고(불혹不惑), 50에 하늘의 뜻을 알고(지천명知天命), 60에 순리대로 살게 되고(이순耳順), 70에는 하고 싶은 대로 다 해도(종심從心) 되는 겁니다.

노마지지(老馬之智)라는 말이 있지요. 중국 춘추시대 제나라 재상 관중은 전쟁 통에 길을 잃었을 때 늙은 말을 풀어 길을 찾았습니다. 젊은 말은 빠르지만 늙은 말은 지름길을 압니다.

세월은 지혜입니다.

머물지 않는 세월, 나이 듦은 복입니다.

봉변처럼 찾아온 세월

김운경_드라마 작가

50대를 갓 넘겼을 때의 얘기다. 나에게도 어김없이 오십견이 찾아왔다. 왼쪽 어깨의 통증에 시달리다 못해 침이나 맞아볼까 하고 동네 한의원에 갔다. 환자 대기실에 앉아있는데 환자 가족으로 보이는 아이들 셋이 우르르 들어왔다. 롤러스케이트를 신은 채로 들어온 아이들은 병원 안인지 밖인지 구분하지 못하고 시끄럽게 떠들어댔다. 문득 화가 난 나는 아이들에게 소리를 질렀다.

"야, 이놈들아! 병원에 롤러 타고 들어오는 놈들이 어디 있어? 나가 놀아! 나가!"

머쓱해진 아이들은 밖으로 서둘러 나갔다. 그때였다. 내 옆에서 순번을 기다리던 할머니가 내 행동을 거들 듯 한마디 했다.

"아이고, 할아버지… 잘 하셨어요! 애들은 혼내켜야 돼요. 할

아버지 손주들이에요?"

할아버지라니? 아니 내가 그렇게 늙어 보인단 말인가…. 난생처음 할아버지로 호명되는 순간이었다. 진료실에 누워 침을 맞으면서도 머릿속에서 할아버지라는 말만 뱅뱅 돌았다. '염병할 할망구 같으니. 눈에 콩깍지가 씌었나! 날 할아버지로 보다니!'

할아버지라는 호칭의 충격 탓인지 그날은 침발도 안 받는 것 같았다. 집에 돌아와 거울을 하염없이 보았다. 그때까지 느끼지 못했던 게 보이기 시작했다. 눈가에는 주름이 깊어져 있었고, 머리는 온통 백발이었다. 난 바로 그 다음날부터 염색을 하기 시작해서 지금까지 염색을 하고 지낸다.

얼마 전에는 지인들과 함께 술을 마시다가 소위 '부킹'을 책임진다는 나이트클럽에 갔다. 우리 일행은 안내에 따라 룸에 들어간 뒤 양주를 시켜놓고 여자들이 들어오길 기다렸다. 이윽고 30대 중반과 40을 갓 넘긴 것 같은 그럴듯한 미모의 미시들이 세 명 들어왔다. 그런데 그중 리더 격인 여자가 한 친구를 내 쪽으로 밀어넣으며 이렇게 말하는 것이 아닌가.

"얘. 넌 저 아버님 옆에 가서 앉아!"

오빠면 오빠지 아버님이라니? 난 도저히 참을 수가 없었다. 그래서 독하게 쳐다보며 이렇게 내뱉었다.

"내가 니 애비냐? 분위기 깨게 어따 대고 아버님이야!"

후배들이 킥킥 웃어댔다. 한마디 퍼붓긴 했지만 이미 진 게임이었다. 그야말로 흐르는 세월에 제대로 한 방 맞은 것이다. 들어올 때부터 예감했었지만 나에겐 이제 어울리지 않는 자리였다. 난 양주 두어 잔을 홀짝거린 뒤 일어나고 말았다.

5일마다 열리는 일산 장터에 갔다가 이번엔 무지막지하게도 영감님 소리를 들었다. 생선 좌판 앞을 지나는데 생선장수 아낙네가 말을 걸어왔다.

"아이고 영감님 생선 좀 사묵어! 요즘 생선을 안 드셔서 그런지 얼굴이 안 좋네! 후꾸시마랑 상관없으니까 요 갈치 좀 들여가 보쇼."

"아줌마가 날 언제 봤다고 얼굴이 안 좋아? 안 사!"

난 '영감님' 호칭에는 따질 엄두도 못 내고 그렇게만 쏘아주고 지나쳤다. 어디 가서 판을 벌리든 장사 저렇게 하면 안 되는 거다. 내가 아무리 중늙은이 영감으로 보여도 호칭은 약간 다운시켜서 아저씨라고 하는 것이 정석이다. 두고 봐라, 저 여편네는 사람 보는 눈썰미가 제로다. 저런 식으로 장사하다가는 쫄딱 망하지. 그렇게 생각하며 내 자신을 위로했다.

하지만 나는 안다. 얼굴의 주름은 보톡스로 숨길 수 있어도 세월을 이기는 장사는 없다. 스물여덟에 방송작가로 입문하여 30년이 넘었다. 요즘 젊은 친구들은 알지도 못할 〈전설의 고향〉이라는 프로그램으로 시작하여 〈포도대장〉, 〈형사〉, 〈TV문학관〉, 〈한지붕 세가족〉, 〈서울 뚝배기〉, 〈형〉, 〈서울의 달〉, 〈옥이이모〉, 〈파랑새는 있다〉, 〈황금사과〉, 〈짝패〉 등… 숱한 드라마를 쓰며 먹고 살아왔다.

몇 십 년 드라마를 쓰다 보니 유명세가 절대기준인 이 세계에서 명멸하는 숱한 배우들을 지켜볼 수 있었다. 이름 난 배우들의 어두운 뒷면과 이름 없는 배우의 아름다운 뒷면…. 세월이 흐를수록 유명무실(有名無實) '유명은 무실하다'는 말에 절감했다. 물론 나도 한때 유명의 나라에서 잠시 깃발을 흔들 때도 있었다. 우쭐했고, 내가 잘난 줄 알고 교만을 떨었다.

그러나 살아 볼수록 나보다 못난 놈은 없는 것이 진실이다. 재즈의 대가 마일즈 데이비스는 죽기 3개월 전, 이탈리아 여행에서 명품을 사는 데만 10만 달러를 썼다고 한다. 한치 앞도 못 보는 게 인생인 거다. 요즘은 바지 하나를 사더라도 앞을 가늠하게 된다.

생전에 어머니께서는 늙은 호박을 앞에 놓고 이렇게 말씀하셨다. "애야. 늙어서 좋은 것은 호박밖에 없다. 반질반질 때깔이 장히 고우냐."

어머니, 나무도 늙을수록 좋아요.

오래 묵은 나무 주름이 얼마나 멋있는데요.

잘 입어야 10년이다. 그냥 입던 것 입고 말자. CD를 한 장 살 때도 망설여진다. 오래 들어야 10년이다. 지금도 귀가 안 좋은데 보청기 끼고 들어야 할 것이다.

물론 잘 보이고 잘 들리던 시절이 그립고, 가버린 세월이 아쉽다. 방송 글 쓰느라 빼앗긴 시간들도 너무 많다. 꽃 이름, 나무 이름, 새 이름… 이제야 재미를 느끼고 조금씩 알아가고 있는데…. 아니-벌-써 인생은 얼마 남지 않았다.

생전에 어머니께서는 늙은 호박을 앞에 놓고 이렇게 말씀하셨다. "애야. 늙어서 좋은 것은 호박밖에 없다. 반질반질 때깔이 장히 고우냐." 어머니, 나무도 늙을수록 좋아요. 오래 묵은 나무 주름이 얼마나 멋있는데요.

특히 오래된 소나무의 수피는 장엄하다. 나무의 세월은 허망하게 흐르지 않고 차곡차곡 아름답게 쌓이는 것 같다. 흔하진 않지만 가끔 사람의 주름도 나무의 수피처럼 아름답게 느껴질 때가 있다. 하회탈 같이 행복으로 가득찬 얼굴의 주름. 그 주름처럼 놀랍도록 곱게 늙으신 얼굴의 방송작가 선배님이 한 분 계시다.

방송작가 유호. 본명은 유해준이다. 그는 〈비 내리는 고모령〉, 〈신라의 달밤〉, 〈낭랑 18세〉, 〈님은 먼 곳에〉, 〈서울 야곡〉 등 불후의 명곡 가사를 남긴 분으로 널리 알려져 있다. 허나 노래가사에 앞서 그는 TV 초창기에 방송작가로 이름을 떨쳤다. 해방 전 경성 방송국에서부터 방송작가를 시작했다는, 말 그대로 살아있는 전설이다.

플라톤이 그랬던가. 자신은 노예로 태어나지 않은 것, 여자로 태어나지 않은 것 그리고 소크라테스의 시대에 태어난 것을 진정 축복이라 생각한다고. 나 또한 한 시대를 살면서 존경할 수 있는 선배를 만난 것이 행복한 일이라고 생각한다.

그의 나이 이제 93세. 항상 자신의 나이가 믿기지 않는다며 너털웃음을 터트리신다. 사랑하는 부인과 아들을 여의신 지도 이미 오래다. 그는 사흘에 한 번은 꼭 동네 꽃집에 들러 꽃을 산다. 부인과 사별 후 단 한 번도 부인의 영정 앞에 꽃이 떨어진 적이 없다.

누굴 만나든 한 점 흐트러짐 없이 몸을 청결히 하고 항상 맑고

단정한 모습을 보여주신다. 그는 어린아이 같은 마음으로 집안 벽에 이렇게 써 붙여놓았다.

"내 나이 아흔 셋! 조심하자!"

말조심, 감기 조심 그리고 넘어지는 것 조심이다. 그런 멋쟁이 유호 선생님도 다음 달이면 아흔 넷이 된다. 늙는다는 것이 얼마나 서글프고 힘든 일이랴. 허나 인간이면 누구나 한 번씩 겪고 가는 길. 굳이 세월의 아픔을 드러내어 주변을 불편하게 할 필요는 없는 것이다.

지금은 작고하신 한운사 선생님의 팔순 잔칫날. 우리 후배 작가들은 모두 경건한 마음으로 유호 선생님의 축사를 기다렸다. 한운사 선생님의 작품과 인생에 대해 말씀하시리라 예견했다. 허나 유호 선생님의 축사는 달랐다.

"운사는 누구보다 내가 잘 알지. 작품은 내가 기억나는 게 별로 없고, 옛날 미8군 골프장에서 같이 골프쳤던 게 생각나! 그때 미군부대 목욕탕에 갔었는데… 키가 작은 운사가 쪼그리고 목욕을 했어. 근데 힐끗 보니까 운사 앞에 기다란 고무호스 같은 게 떨어져 있더라고. 햐! 저 친구 물건인가 했지. 그때 어떤 시커먼 미군 하나가 운사 앞을 폴짝 뛰어넘으면서 아임 쏘리! 하더라니까.

운사가 그렇게 물건이 큰지 그때 처음 알았어. 난 그것밖에 기억이 안 나!"

그는 모든 비극적인 세월을 유머로 넘겼고, 작품과 자신을 일체화시켰다. 국내 최초로 자신의 이름을 내세운 〈유호 극장〉이라는 드라마 프로그램을 하면서도 명성에 집착하지 않았다.

정치, 문화, 드라마…. 무상한 세월 속에 유명해지기 위해, 명성을 얻기 위해 악명 떨치는 것도 두려워 않는 사람들이 너무 많다. 그들은 악명을 부끄러워하지 않는다. 오죽하면 세계 최초의 신조어인 '막장 드라마'라는 말까지 생겼을까? 드라마 내용이야 어찌 됐든 시청률만 높이면 된다는 한탕주의는 양심불량의 시대가 낳은 결과물이다. 그들은 악명이 높아도 마치 그것이 유명세인양 치부한다. 한 치도 부끄러워할 줄을 모른다.

격동의 세월을 살아온 유호 선생님은 그 또래 분들과 달리 단한 번의 친일행위에도 연루되지 않았다. 드라마에 있어서도 자신에게 엄혹했다. 단 한 편의 엉터리 각색도 하지 않았고, 단 한 편의 막장 멜로드라마를 쓰지 않았다.

그럼에도 불구하고 그는 평생 부끄러워했다. 이유는 오직 하나 부인이 일본인이라는 것 때문이었다. 일본을 몸서리치게 증오하면서도 일본인 부인에 대한 사랑은 지극했다. 나는 선생님의 그런 면을 존경한다. 사람은 나이를 먹을수록 염치가 있어야 한다. 나보다 못난 사람이 없듯 이 시대에 익명의 위대한 사람은 너무나 많다.

강원도 강릉시 왕산면 대기리에 있는 작은 암자, 곰자리 절. 그 절 옆에는 주지스님이 해다놓은 나무더미가 세 무더기 쌓여 있다. 왜 이렇게 나무 욕심이 많으냐고 여쭈었더니 스님 왈, "요거는 올겨울에 땔 거구요. 이거는 나 죽으면 다비할 때 쓸 거. 또 한 무더기는 새 스님 들어오면 쓰라고 할 겁니다." 스님은 미소 가득한 얼굴로 나무 세 더미의 의미를 담담하게 말씀하셨다.

그렇다. 내 나이도 내년이면 육순이다. 세월은 유장하게 흐르는 것이 아니라 빛과 같이 짧은 것이다. 인생이란 낡은 여인숙의 짧은 하룻밤이라고 한다. 그 여인숙에서 만난 찰나의 이웃들에게 되도록 아름다운 이야기를 들려주어야 한다. 그것이 내 운명이다. 또한 그 이웃들과 함께 더불어 살면서 돕고, 베풀어야 함은 물론이다.

어린 시절, 노송나무의 껍질을 한 조각 떼어내어 향기로운 조각배를 만들었다. 그리고 그것을 흐르는 냇물에 띄워보냈다. 굴뚝 연기 피어오르는 집으로 돌아오면서 곰곰이 생각했다. 내 조각배는 어디쯤 가고 있을까.

눈 깜빡할 사이, 어느새 내가 이렇게 흘러와버렸다. 세월의 마술에 걸려 초로의 중늙은이가 되어버린 나.

이제 내게 주어진 시간은 얼마 남지 않았다. 아름다운 드라마도 써야 하고, 인생은 살 만한 가치가 있다고 말할 수 있어야 한다. 이만큼 살았지만 아직도 남은 내 인생이 어찌 될지 알 수 없다. 유유자적할 틈은 없다. 바쁘다. 내 황혼의 겨울채비를 위하여, 나를 태울 다비의 나뭇단은 내 스스로 준비해야 한다.

나는 내 나이를 모른다

김성근_야구감독

🐛

나에겐 몇 개의 별명이 있다. 뒤에도 눈이 붙어 있다고 해서 '잠자리 눈깔', 죽을 정도로 훈련을 시킨다고 해서 '악마'라고도 했다. 최근 가장 많이 불리는 것은 '야신' 즉 야구의 신이다. 하지만 가장 달갑지 않은 별명이다. 내가 야구의 신이라면 어떻게 프로야구에 지도자로 입문한 지 23년만에야 처음으로 우승을 거둘 수 있었겠는가. 내가 SK에서 첫 우승을 맛보았을 때 나이는 예순 여섯이었다. 야신이 아니라 거북이인 셈이다.

젊은 시절을 돌이켜보면 부끄러운 순간이 한두 번이 아니다. 젊은 시절의 경험과 지식은 일천하기 그지없다. 지금과 비교하면 천지 차이다. 그 당시에 내 밑에서 배웠던 선수들한테 미안할 정도다. 지금 같으면 달리 가르칠 수 있었을 텐데 하는 회한도 든다.

일흔이 넘은 지금도 감독생활을 하지만 매 순간이 새롭다. 공부해야 할 게 산더미다. 이런 것도 몰랐구나 싶은 게 매일 매일 발견된다. 같은 책 하나를 보더라도 내가 서른 살 때 봤던 것과 마흔 살, 쉰 살 때 보는 것이 다르다. 분명 같은 대상인데 다르다.

젊은 시절에 뭔가 문제에 대처할 수 있는 방법이 하나뿐이었다면, 지금은 서른 개, 백 개… 대처할 방법이 보인다. 그러니 주어진 문제나 상황마다 대처할 수 있는 여유와 가능성이 늘어난다. 의사가 환자에 따라 처방전을 수백 가지로 사용할 수 있듯, 야구 감독으로서 꺼내 쓸 수 있는 서랍의 개수가 늘어난 것이다.

그래도 나는 아직도 불만이 많다. 오늘 와서 어제를 돌이켜보면 '아, 그건 아니었구나' 싶은 게 너무도 많다. 수십 년의 야구 인생을 살아오면서 스스로 '베스트'라고 꼽아볼 수 있는 건 하나도 없다. 인생 자체가 나 스스로에 대한 불평불만과 투정… 뭐, 이런 것뿐이다.

어쨌든 스스로에 대해 불만은 많지만 분명한 사실은 어제의 나보다는, 젊은 시절의 나보다는 나아진 점이 많다는 것이다. 그런 점에서 우리 사회에서 경험과 연륜을 중시하지 않는 풍토는 문제가 있는 것 같다. 중국이나 일본에서는 어느 정도 나이 든 사람의 경험을 중시하고 인정하는데, 우리는 그렇지 못하다. 모든 조직이나 사회가 성공하기 위한 총합으로서 100퍼센트의 어떤 요소가 필요하다면 결국 마지막에 성공의 점을 찍게 하는 10퍼센트가 있다. 그 10퍼센트가 바로 경험이다. 그 10퍼센트를 무시하다 보니 매번 시행착오를 되풀이한다. 이상만 쫓다 현실을 보지 못해 제자리로 돌아오는 것이다.

그렇다고 과거의 경험이 전부라는 이야기는 아니다. 모든 게 그렇지만 과거로부터 지켜온 것에 현재의 변화를 따라잡을 수 있는 무엇인가를 더해야 한다. 과거의 성공 경험, 그거 하나만 가지고서는 세상 움직임을 따라갈 수 없다. 전에 내가 이런 식으로 준비해서 이겼다고 해서 오늘도 그 방법으로 또 이길 수는 없다. 그 당시의 성공은 과거 한순간의 이야기일 뿐이다. 현실은 단 한순간도 만만하지 않다. 그렇지만 변화무쌍한 현실을 이길 수 있는 것 역시 경험에서 찾을 수밖에 없다. 매 순간의 변화를 읽어낼 수 있는 것은 다양한 경험이 주는 힘이다. 경험이 부족한 사람은 몇 개의 경험만을 근거로 움직이려 하니 질 수밖에 없다.

내가 종종 했던 말 중에 지도자란 '서랍'이 많아야 한다는 게 있다. 이때 서랍이란 곧 방법이다. 서랍 하나만 가지고서는 해볼 수 있는 게 별로 없다. 선수 하나를 가르치려 해도 서랍이 서른 개, 쉰

개, 백 개는 있어야지 하나만 가지고서는 못 가르친다. 서랍 하나 가지고 덤비려드니 길이 막혀버리고, 좌절을 하고, 남에게 책임 전가를 시켜버리는 악순환이 생기는 것이다. 고작 야구가 이런 식인데 사회야 무슨 말을 하겠는가.

내가 지금 감독으로 있는 고양원더스의 선수들은 거의 다 버림받고 온 선수들이다. 말 그대로 오갈 데 없는 존재들이었다. 처음 훈련을 시킬 때는 절망도 많이 했다. 프로팀에 선발된 선수들을 훈련시킬 때와는 너무도 달랐다. 재능도 부족했고, 기본적인 자기 훈련도 돼 있지 않았다. 무모한 선택을 한 것이 아닌가 하는 당혹감과 절망감이 닥쳐올 때가 많았다. 그렇다고 포기할 수는 없었다. 버림받았던 아이들을 또 버릴 수는 없는 게 아닌가. 나부터 바꿨다. 지금까지 프로팀에서 훈련시켰던 방식을 버렸다. 재능이 모자라면 능력을 계발하는 식으로 프로팀에서와 방법을 달리했다. 자기 재능이 무엇인지도 모르고, 그것을 발전시킬 방법을 모르는 선수들을 위해 연습이라는 습관을 붙이기 위해 노력했다. 좋은 습관을 붙이기 위해 코치진이 집요하게 따라붙어 아이들을 하나하나 개조해나갔다.

물론 쉬운 일은 아니었다. 힘들었다. 그러나 사람과의 만남이

나는 내 나이를 모른다.

우리 연배에서 나이를 깊이 염두에 두고 있으면 이미 죽은 목숨이다.

나이를 의식한다면 이미 갈 날을 생각하는 것이다.

내일 할 일만 그리고 내가 할 일만 눈앞에 있으면 된다.

라는 것은 소중하다. 리더는 선수들의 하나 남은 가능성이라도 살려 성과를 만들어내야 하는 사명이 있다. 하다 보면 화도 나고, 짜증이 날 때도 많다. 그것을 번번이 이겨내야 하는 것이 리더의 숙명이다. 선수들과 함께 시간과 열정을 가지고 반복적으로 노력해야 한다. 쉽지 않은 일이다. 생각은 하는데 실행을 하지 못하니까 힘든 것이다. 되고 싶은 것도 많고, 하고 싶은 것도 많다. 그것을 현실로 옮기는 것은 열정을 가지고 선수들에 맞는 방법을 찾아 될 때까지 지속시키는 방법뿐이다. 단순하지만 방법은 이것밖에 없다.

롯데에서 선수 생활을 하던 가득염이라는 투수가 있었다. 마무리나 중간계투로도 적성을 잘 끌어내지 못하고 패전 처리용으로나 2,3이닝 던지던 게 고작인 선수였다. 선수 본인도 더 이상 안 될 것 같았는지 야구 인생을 포기하려 했었다. 구단에서도 그렇게 눈치를 줬고. 그런데 내 생각은 달랐다. 그의 경험을 잘 살리면 원포

인트 릴리프로 쓸 수 있을 것 같았다. 원포인트 릴리프라면 한 타자만 잡아도 존재 의미가 있다. 결정적인 순간에 한 역할 할 수 있는 것이다. 그에게 남은 마지막 1퍼센트의 가능성이었다.

나는 가득염을 SK로 데려와 선수로 기용했다. 정말 그는 2007, 2008년 첫 두 해 동안 60 경기 이상을 등판해 제 역할을 완벽하게 해냈다. 4년 내내 연봉 1억 이상을 받고 나서 명예롭게 은퇴했다. 프로에서 방출되거나 아예 선발도 되지 못했던 고양원더스의 선수 5명도 프로팀에 입단했다. 1퍼센트의 남은 가능성이 살아난 것이다. 1퍼센트의 가능성이라도 살릴 수 있는지, 없는지가 리더의 능력이다. 1퍼센트밖에 안 되니까 버린다? 이건 리더가 할 짓이 아니다.

감독생활을 하면서 12번을 쫓겨났다. 중간에 암수술을 받기도 했다. 그래서인지 인생에 고비가 언제였느냐는 질문을 하는 이들이 많다. 그러나 내게 인생의 고비니 고민이니 할 만한 그런 것은 없었다. 아무리 아파도 야구장에 나와 있으면 괜찮았다. 몸이 아프긴 아팠다. 나도 사람이다. 열두 번 잘리면서도 가족들에겐 내색도 안했다. 잘린 현실에 대해 이런 저런 얘기도 하지 않았다. 그것 자체가 추하다고 생각했다. 잘렸다는 현실만 받아들이면 되는 거다, 그런 거는 나 혼자 뱃속에 갖고 있으면 되는 거다, 이런 마음으로 견뎌냈다. 심지어 집에 비밀로 해놓고 홀로 입원한 것만 서너 번이었다. 내 속에 인간 김성근이 있고, 리더 김성근이 있다. 리더라는 건 어떤 일이 생기든 함부로 이야기하는 게 아니다.

즐겁든 슬프든 리더는 그 고통을 뱃속에 갖고 있어야 된다고 생각한다. 리더라고 하는 것은 어떤 상황이 되었든 표정이나 움직임이 똑같아야 한다. 혹시 아플 수는 있을 테지만 그 아프다고 하는 상황 자체를 정당화시킨다면 약한 사람이다. 아프면 내가 잘못인 거다. 그걸 정당화시키면 안 된다. 자기가 어디가 아프다, 암 걸렸다, 암 걸렸으니까 쉬어야 한다? 그건 틀린 말이다. 그렇게 견딜 수 없이 아프면 현장에서 나가면 되는 거다.

아프고 약한 게 이유가 될 수 있다는 생각으로는 리더의 자리를 지키지 못한다. 그걸 이겨내야 강해지는 거다. 사람은 주어진 한계 그 너머에서 성장해나가는 것이다. 이걸 견뎌낼 수 없다, 그래서 안 된다, 하면 그 사람은 죽어가는 사람이다. 그런데 사람들은 어느 고통의 순간에서 뭘까 타협하고 싶어 하는 것 같다. '나는 이 정도다' 하는 그런 생각. 그 순간 이미 패배를 인정하는 것이다.

나는 내 나이를 모른다. 우리 연배의 사람들이 나이를 깊이 염두에 두고 있으면 이미 죽은 목숨이다. 나이를 의식한다면 이미 갈 날을 생각하는 것이다. 내일 할 일만 그리고 내가 할 일만 눈앞에 있으면 된다.

많은 사람들이 일을 생활의 수단으로만 여긴다. 그러면 안 된다. 일 그 자체가 즐겁고, 그 안에서 뭔가를 자꾸 하고 싶어야 한다. 그 속에 빠져 있어 보라. 일에 빠져 있으면 세월이라는 것, 나이라는 것은 아무 상관도 없다. 일을 생활의 수단으로 삼으니까 갑갑한 거다.

요즘 강의 나가면 자주 하는 얘기가 있다. "살기 위해 일하느냐, 일하기 위해 사느냐. 인생은 이 두 가지인데, 어느 쪽에 자기가 섰다고 생각하느냐?"는 것이다. 살기 위해 일하는 사람들은 가늘고 길게 살면서 세상에 아부하고 사는 인생이다. 이런 인생은 만년에 비참해지게 되어 있다. 이런 사람일수록 뒤통수 맞으면 '턱' 하고 가라앉아버리게 된다. 좌절에 먹힐 뿐이다.

거꾸로 일을 하기 위해 살면 수없이 뒤통수 맞는 일이 많아도 그저 그런가 싶게 여긴다. 우왕좌왕 하지 않는다. 수십 번 거꾸러지더라도 내가 흔들리는 것이 아니라 옆에서, 바람이 흔들어대는 것뿐이다. 자신이 중심을 갖고 있다고나 할까, 확고한 모습을 갖고 있으면 옆에서 흔들어봤자 동요할 일이 없다. 아무 상관없다.

세상 살아가면서 남 따라가는 건 약자들이나 하는 거다. 어째서 남의 인생을 따라가는가. 누가 뭐래도 내가 가고자 할 길을 흔들리지 않고 가는 사람이 강하다. 나는 강한 인생을 살고 싶다.

어떤 어른이 되어야 할까

권태호_기자

❧

"장군은 금년에 춘추가 어찌 되시오?"

"올해 마흔 되었소."

"우리가 지난날 함께 지낼 때만 해도 젊었는데, 어느덧 '중늙은이'가 되고 말았구려."

"대감마님은 나이가 어떻게 되지요?"

"글쎄, 한 마흔쯤 되었나?"

"에구머니나, '할아버지'네요."

나이 마흔이 되던 해, 무심코 『삼국지』를 읽다 충격을 받았다. 영화 〈스캔들〉을 본 것도 같은 해인데 역시 충격을 받았다. 바로 저 대화들 때문이다. 위의 대화는 황석영이 옮긴 『삼국지』 중 조조와 한수의 대화이고, 아래 것은 영화 〈스캔들〉 중 조원과 이소옥의 대화에 나오는 말이다.

'마흔'이란, 남들에게만 있는 나이인 줄 알았었다. '살 날'보다 '산 날'이 더 많아진 나이, 남들은 젊다고 하지만 자신은 젊다고 말하기 힘든 나이, 정작 '서른 즈음'에는 감흥을 몰랐던 김광석의 〈서른 즈음에〉에 이제사 뒤늦게 가슴이 떨리는 나이, 내일 당장 죽더라도 더 이상 '요절'이라고 쓸 수 없는 나이.

'하늘을 우러러 한 점 부끄럼 없는' 20대의 순결함은 벌써 사라졌는데, 그 빈 칸에 '불혹(不惑)'의 깊음도 채우지 못한 채 맞은 마흔이었다. 그러고도 또 7년이 지났다. 이젠 더 이상 〈서른 즈음에〉는 부르기도 민망한 나이가 됐다.

20대 때에는 '성장'에만 관심이 있었다. 책을 읽고, 생각을 하는 것도 모두 더 자라기 위한 것이 목적이었다. '왜 더 이상 성장하지 못하는가?'라는 것이 당시 나의 숙제였다. 무엇이든 다 알고 있는 것 같은, 그렇게 세상사를 깨우친 듯한 선배를 찾아가 이런저런 고민을 털어놓고 그 선배가 적어준 도서목록을 몇 년에 걸쳐 한 권씩 한 권씩 읽어 내려갈 때도 오직 나의 관심은 '더 자라나기'

에 맞춰져 있었다.

서른을 넘어서고는 더 이상 자라지 않는 것에 점점 초조해지는 게 꼭 사다리를 타고 한 걸음 한 걸음 위로 올라가는 것만 같았다. 나는 어린아이 그대로인데, '나이'라는 사다리 위로, 또 위로 발걸음을 떼어 오르고 나면 현기증이 일 정도로 내 선 위치, 내 나이가 감당하기 힘들만치 아득했다. 불어나는 체중을 이기지 못해 일단 체급은 올렸으나, 정작 링 위에서 상대의 더 묵직한 펀치에 휘청거려야 하는 가련한 권투선수가 꼭 내 꼴이었다.

그러다 나이 40을 훌쩍 넘고 보니, 예전에 위로의 '성장'에만 힘을 쏟았던 일들이 부끄럽고, 아래로의 더 깊은 '성숙'에 이르지 못했음을 자책하게 된다. 이제라도 좀더 '성숙'한 어른이 되려 애써보지만, 그리 쉽진 않다. 그래도 나이가 들면 이런 사람이 되어야겠다는 생각 정도는 든다.

2013년 프로야구 공동 다승 1위(14승)에 오른 삼성 라이온즈의 배영수(31)는 한 인터뷰에서 자신의 현재 야구 인생을 '6회'라고 표현했다. "1~3회는 거침없이 던졌고, 4~5회에는 던지는 게 두려웠다. 지금 막 6회를 시작했는데 '위기를 극복할 수 있겠다'는 자신감이 생겼다."

2000년 입단한 배영수는 22살이던 2004년에 17승을 거두며 다승왕과 시즌 최우수선수(MVP)에 올랐다. 시속 150킬로미터에 달하는 빠른 공이 주무기였다. 2004년 현대와의 한국시리즈 4차전에서 보여준 10이닝 노히트 노런은 지금도 전설의 하나로 꼽힌다. 하지만 2007년 팔꿈치 수술을 받은 뒤 스피드가 뚝 떨어지면서 배영수는 '그저 그런' 투수가 되고 말았다. 2009년에는 1승 12패에 그쳤다. 배영수는 이 시절을 회상하며 "전력을 다해 던졌는데, 128킬로미터가 나왔다"고 했다. 그는 다시 재현되지 않는 예전의 스피드에 집착했다. '예전엔 됐는데, 지금은 왜 안 되지?'라고 몇 번이나 되뇌었을 것이다. 그 무렵에 김성근 감독이 조언을 해주었다. "몸에는 한계가 있어도, 머리에는 한계가 없다"고.

힘을 뺐다. 그러자 다시 승리를 거둘 수 있었다. 예전처럼 150킬로미터의 강속구를 던져 삼진으로 돌려세우던 배영수는 사라졌지만, 제구력과 경기운영 능력 그리고 야수들의 도움을 받아 함께 이기는 법을 익혔다. 게다가 시속 110킬로미터의 저속 너클볼도 간간이 던진다. "힘이 더 떨어지면 쓰려고 익히고 있다"면서.

스즈키 이치로가 미·일 통산 4000안타의 위업을 달성했다. 일본에서의 기록을 합산한 것이긴 하지만, 피트 로즈와 타이 콥 등만이 올랐던 4000안타 고지에 동양인이 오른 것은 역시 대단한 일이다.

그 이치로도 1992~93년 오릭스 버팔로스에서의 루키 시절에는 2군을 벗어나지 못했다. 이치로의 이상한 타격 폼을 꺼려했던 1군 감독은 그를 발탁하지 않았다. 그런데 1994년 오릭스 버팔로스에 새로 부임한 오기 아키라 감독이 이치로를 눈여겨보면서 그를 1군으로 불러올렸다. 그해 1번 타자 이치로는 타율 0.385의 눈부신 활약을 펼쳐 타격왕을 차지하면서 MVP에 올랐다. 그리고 그때부터 미국 메이저리그에 가기 전까지인 2001년까지 7년 연속 내리 타격왕을 차지했다.

어쩌면 감독 오기 아키라가 없었어도 이치로는 성공을 거뒀을지도 모른다. 그러나 그 시기는 더 늦춰졌을 수도 있고, 지금과는 다른 모습이었을 수도 있고, 어쩌면 채 피기도 전에 졌을 수도 있다. 선수로선 평범 이하(통산 타율 0.229, 시즌 최고 타율 0.267)였던 오기는 그러나 감독으로서는 명장의 반열에 올랐다. 이치로뿐 아니라, 메이저리그에서 123승을 거둔 노모 히데오의 스승으로도 유명하다. 선수들의 잠재력을 끌어내는 데 탁월하고, 덕장으로 이름을 떨쳤다. 어쩌다 약팀들만을 주로 맡다보니 요미우리 자이언츠, 세이부 라이온즈 등 리그의 최강자들에게 시리즈 최종전에서 늘

아깝게 밀려 패전 감독이 되기 일쑤였지만, 변변찮았던 팀 전력을 극대화할 줄 아는 감독이었다.

오기는 70살이던 2005년 폐암 투병 중에도 오릭스 감독을 맡았다. 시즌 막바지엔 야구장 계단을 오르는 것도 힘들어하면서 시즌을 마쳤다. 그리고 시즌이 끝난 두 달 뒤인 그해 12월 15일에 세상을 떠났다. 의사에게 "12월 20일 이치로와 점심 식사를 함께 하기로 했다. 그때까지만 살게 해달라"고 간청했건만.

나이가 들면 그때까지 되지 못했던 '이치로'의 꿈은 접고 서서히 '오기'의 길을 준비해야 한다. 내가 타석에 서기보단, 타석에 설 누군가를 발탁하고 밀어주는 게 역할이 될 것이다. 나도 이제 '오기'처럼 살아야 하는데, 아직도 덕아웃에 앉아있기보다는 배터박스에 서있고 싶은 마음이 가시지 않는다. 아직 철이 덜 들었나보다.

지난 봄, 슈퍼맨 영화인 〈맨 오브 스틸〉을 보면서 가장 인상적이었던 인물은 이전의 슈퍼맨보다 더욱 가공할 위력을 보이면서 음울한 분위기의 이색적인 슈퍼맨(헨리 카빌)이 아니라, 슈퍼맨의 지구인 양부모역을 맡은 케빈 코스트너와 다이안 레인이었다. 슈퍼맨의 어머니 역을 맡은 배우가 다이안 레인이었다는 사실은 극장을 나서면서 포스터를 보고 뒤늦게 알았다. 브룩 실즈, 소피 마르소, 피비 케이츠와 함께 책받침 모델이었던 그 '다이안 레인'이 백발이 성성한 50대 어머니로 나온 것이다. 아, 슬프다.

슈퍼맨 아버지 역을 맡은 케빈 코스트너는 더 이상 〈늑대와의 춤을〉에서처럼 말을 달리지도 않고, 〈보디가드〉처럼 탄탄한 힘을 뽐내지도 못했다. 그래도 "난 아버지 아들로 살고 싶어요"라고 우는 어린 슈퍼맨 클락에게 "넌 이미 내 아들이란다"라며 다독거리고, 아들을 사람들의 시선으로부터 지키기 위해 토네이도에서 자신을 구하려는 아들을 만류한 뒤 그 토네이도 속으로 사라지는 장면을 통해 묵직한 감동을 전해줬다.

그러니 아버지 혹은 나이든 이의 역할이란 무엇일까. 더 이상 '슈퍼맨'이 될 수 없는 나이, 제대로 된 '슈퍼맨의 아비'가 되는 길을 터득해야 하는 게 내 나이가 지녀야 할 덕인 건 아닐까.

지난 여름, 드라마 〈스캔들〉에서 췌장암 말기 판정을 받으며 '3개월 정도 남았다'는 말을 들은 하명근(조재현)은 넋 나간 표정으로 "겨울 추위 걱정은 안 해도 되겠네. 김장도 안 담가도 되고…"라고 말한다. 그러더니, 곧바로 "아니다. 애들 먹이려면 10월에 김장해야겠구나"라고 읊조렸다. 나는 어떤 '김장'을 준비해야 하는 걸까.

드라마 〈스캔들〉에서 '3개월' 판정을 들은 하명근은 넋 나간 표정으로 "겨울 추위 걱정은 안 해도 되겠네. 김장도 안 담가도 되고…"라고 하더니 "아니다. 애들 먹이려면 10월에 김장해야겠구나"라고 읊조렸다. 나는 어떤 '김장'을 준비해야 하는 걸까?

아직도 마흔. 무언가를 시작할 '힘'이 여전히 남아 있긴 하지만, 앞날은 눈부신 장밋빛보다 이처럼 마지막 불꽃을 피우는 '단풍'이나 '황혼' 빛을 그리고 있다. 그게 그리 쓸쓸하지만은 않지만, 그래도 다시 한 번의 마지막 '한 방'까지 다 사그라진 건 아니지 않겠는가. 함경도 변방을 떠돌다 임진왜란 전해인 마흔 일곱에야 전라좌도 수군절도사가 되어 숨질 때까지 7년 남짓이 인생의 황금기였던 이순신 장군도 있지 않았던가.

영국의 해군장관으로 1915년 오스만제국의 수도인 이스탄불을 침공했다가 실패하고 해군장관에서 해임된 윈스턴 처칠은 그때 친구에게 이렇게 말했다. "나도 지쳤네. 이제 다 끝났어"라고. 그때 그의 나이 마흔 한 살이었다. 그가 수상직을 마지막으로 사퇴한 것은 그로부터 40년이 지난 1955년의 일이다. 그러고도 그는 10년을 더 살며 책을 쓰고 강연을 했다.

마오쩌둥의 동지로 대장정을 넘어 중화인민공화국 수립을 일

귀내고 중국공산당 정치국원이라는 최고위직에 올랐던 덩샤오핑은 1966년 문화혁명 때 반마오쩌둥의 주자파로 몰려 사상개조 교육을 받아야 했다. 나이 어린 홍위병들에게 수모를 당하고, 장남이 그 홍위병들을 피해 달아나다가 창문에서 떨어져 하반신 불수가 되었을 때, 그의 나이 예순 두 살이었다. '내 삶은 이제 끝났다'고 생각하지 않았을까? 그렇지만 덩샤오핑은 7년 뒤, 예순 아홉 나이로 부수상으로 복귀했다. 그러나 1976년 다시 마오에 의해 모든 관직을 박탈당했다. 그의 나이 일흔 두 살이었다. 그쯤이면 '이제 정말 끝났다'고 생각하지 않았을까? 그러나 마오의 사망과 이듬해 4인방의 체포 이후, 일흔 셋 나이로 다시 중국공산당과 정부 요직에 복귀했고, 일흔 다섯 나이에 미국 초청으로 미국을 방문했고, 일흔 아홉 나이에 국가군사위원회 주석에 임명됐고, 정계 공식 은퇴는 여든 다섯 때였다.

한 사람 더. OB베어스의 불사조 박철순. 22연승을 거둔 1982년, 아직 20대 청춘이었던 그는 그해 총 24승을 거뒀다. 그러나 그 숫자보다 2배가 넘는 승리인 52승은 1983년부터 1997년까지 15년 동안 서른 넘어, 마흔 넘어서까지 마운드를 지키며 거뒀다. 1995년 OB와 롯데의 한국시리즈. 박철순은 팀 투수진이 모두 바닥난 5차전 중반 중간계투로 마운드에 나섰다. 잠실구장 관중들은 기립박수로 '영원한 에이스'를 맞았다. 피가 뜨겁던 20대 청년은 머리털이 숭숭 빠지고 눈가엔 잔주름이 깊게 패인 40의 장년이 되어, 13년 전 그날처럼 글러브를 쥐고 젊은 날처럼 공을 던졌다. 피 말리는 7차전 끝에 OB가 우승했을 때, 박철순은 벤치에 앉아 있었다. 후배들은 김인식 감독을 헹가래 친 뒤 앞이마가 훤히 드러난, 눈물을 줄줄 흘리는 박철순에게 달려가 무등을 태웠다.

박철순은 자신의 자서전 『혼을 던지는 남자』에서 이렇게 말했다. "나는 공 하나를 던질 때마다 이 공이 마지막 공이 될지도 모른다는 생각으로 던졌다"고. 날개가 다 닳아 더 이상 퍼덕일 수도 없게 되어서야 그 힘든 날갯짓을 멈추고 땅 위에 내려앉은, 불사조. 우리 역시 '그때'가 오기 전까진 아직 마운드를 떠날 때는 아닌 듯하다.

그래서 마흔을 넘어 쉰 문턱이 내일모레인 이들에게 두보의 시 한 편을 띄운다.

그대 못 보는가
길가에 썩은 물 괴어 있는 연못을
그대 못 보는가

앙상하게 등걸만 남아 있는 오동나무를

오동나무는 죽은 등걸로도

거문고를 만들 수 있고

썩은 물에 교룡이 숨어 있는 것을

사나이 죽어 관 뚜껑을 덮고 나서

비로소 성패를 말할 수 있으니

그대 아직 늙지도 않았거늘

어쩌다 불우함을 한하는고

심산유곡은 그대 있을 곳이 아니니

벽력과 비바람까지 이네

추신(追伸)

　한시, 하면 할아버지가 떠오른다. 할아버지가 돌아가신 지 2년이 지난 2008년 무렵이었다. 아버지 집에 갔다가 할아버지 책꽂이에 꽂힌 책 가운데, 『한시의 이해』(한국편·중국편), 『당시唐詩』 등 3권의 책에 눈길이 갔다. 1975년판이었다. 누렇게 절은 헌책 냄새 속에 할아버지 내음도 실려왔다. 꼼꼼한 성격이었던 할아버지가 30여년 전에 쓴 깨알 같은 각주며 빨간색 밑줄과 동그라미들이 빼

곡했다. 밑줄 그어놓은 한시 구절을 보며 드문드문 책을 읽는 한 달 가량, 나는 생사를 건너뛰어, 30여 년 전의 할아버지와 조우했다. 우암 송시열의 예송논쟁을 어제 일처럼 이야기하면서도 스포츠 경기 관람을 즐길 줄 알았던 할아버지였다. 1914년생인 할아버지가 60대 초반에 느꼈을 인생무상, 외로움, 그리움 등이 그 한시들을 통해 전해졌다.

어려서 집을 떠나 늙어서 돌아오니
고향은 변한 게 없는데 수염만 희어졌네
애들도 서로 바라보나 알지 못하고
웃으며 어디서 왔냐고 묻네

꽃구경 하느라고 뱃길이 저물었네
달구경 하느라고 여울을 건너다 늦었네
술에 취하여 낚싯줄을 드리우니
배는 떠나가는데 꿈은 그 자리에 맴도네

유년의 내가 기억하는 할아버지는 커다랗고 믿음직한 등이 먼저 떠오른다. 키가 180센티미터였던 할아버지는 거의 매일 아침,

잠에서 못 깨어나는 손자 녀석을 업고는 어서 잠을 깨라며 정원을 한 바퀴 도시곤 했다. 할아버지의 하얀 런닝셔츠에 바짝 붙인 얼굴 틈 사이로 파고드는 싸한 아침 공기와 할아버지 등에서 나던 살 냄새의 기억은 지금도 또렷하다. 할아버지께서 석간신문을 방바닥에 펴놓고 읽을 때면, 살금살금 뒤로 다가가 "이랴" 하며 말을 타는 개구쟁이 짓도 했다. 할아버지는 "어허, 이러면 안돼"라고 하시면서도, 당신께 다가오는 손자 녀석의 재롱이 싫지 않은지 나를 등에 태운 채 계속 신문을 읽어 내려가곤 했다. 어느 할아버지와 손자 사이에서나 있을 법한 일이다.

사춘기 이후 '마음'이 할아버지를 떠났고, 결혼을 하고 분가를 한 뒤로는 '몸'도 떠났다. 그러고는 어쩌다 할아버지를 뵈어도 그저 고향 마을 어귀를 지키는, 언제나 그 자리에 서있는 '큰 나무'로만 인식했던 건 아니었을까. 그런 미안함 한편으로 할아버지로부터 한시를 배운 적도 없으면서 나이 40이 넘어 자꾸 한시에 끌리는 것이 혹 할아버지 때문은 아닌가 싶었다. 한시를 읽던 그 한 달간, 할아버지를 더듬으며, 내 마음의 고향으로 거슬러 올라간 듯한 느낌이었다.

할아버지가 밑줄 친 이태백의 시 한 자락이다. 60 넘은 할아버지가 읊던 시를, 30년 뒤에 40 넘은 손자가 읊어본다.

그대 모르는가, 황하의 물

하늘로부터 와서 바다로 들어가면

다시 돌아오지 못하는 것을

고당의 거울 속 백발을 보지 아니하였는가

아침에 검은 머리, 해 저물자 눈처럼 희어졌네

세월이 공평한 까닭

김봉석_문화평론가

20대 초반에 떠올리는 서른은 까마득했다. 모든 것이 불안하고 불완전한 청춘 시절에 내다보는 서른이란 자기 길을 걸어가는 어른의 모습이었다. 그래서 정작 20대에는 노래마을의 〈나이 서른에 우린〉, 김광석의 〈서른 즈음에〉처럼 30대에 더 와닿을 노래들을 즐겨 부르곤 했다. 그때는 이렇게 생각했다. 어떻게든 20대를 통과하여 서른이 되면 나는 어른이 되어 있을 거야, 라고.

하지만 틀렸다. 서른이 지나도 변한 것은 많지 않았다. 직업을 갖게 되고 일을 하면서 돈을 벌었지만, 여전히 서툴고 위태롭고 조잡했다. 문득 서른이 넘어 과거를 돌아보니 한 가지만은 분명했다. 지금도 어리지만, 그 시절 청춘의 날들은 참 어렸구나. 지금 알고 있는 것들을 그때도 알았다면 좋았을 걸을.

하지만 세월이란 건 무심하다. 어느 새 서른을 지나고, 마흔을 지나 쉰을 눈앞에 두고 있다. 지나칠 때는 미처 모르지만 지나고 나면 세월이 얼마나 무섭고 잔인한 것인지 알게 된다. 자연처럼 세월은 무심하기에 잔인하다. 그런데 그 잔인함 때문에 간혹은 위안을 받기도 한다. 세월이란 누구에게나 공평했다. 내가 어떻게 세월과 동고동락했는지에 의해 내 인생이 결정되었다.

얼마 전 로버트 레드포드가 출연한 〈올 이즈 로스트〉를 봤다. 일흔이 훌쩍 넘은 노인 로버트 레드포드. 〈내일을 향해 쏴라〉, 〈스팅〉, 〈위대한 개츠비〉의 미남자 로버트 레드포드는 이미 과거 속으로 사라진 지 오래다. 대신 로버트 레드포드는 참 아름답게 늙었다. 〈보통 사람들〉, 〈퀴즈 쇼〉, 〈호스 위스퍼러〉, 〈로스트 라이온즈〉 등 감독으로서도 훌륭한 이력을 쌓았고, 독립영화의 산실인 선댄스 영화제를 만들어 영화계에도 공헌을 했다. 영화에서도, 현실에서도 로버트 레드포드는 바람직한 노인의 모습이고, 그가 어떻게 세월을 보냈는지 짐작할 수 있다.

〈올 이즈 로스트〉는 로버트 레드포드의 기존 이미지를 끌어오지 않는다. 또 주인공 노인에 대해서 단 한마디도 하지 않는다. 〈올 이즈 로스트〉에서 노인은 홀로 요트를 타고 인도양을 항해하고 있다. 선실에는 그가 누구인지에 대해 말할 수 있는 아무 것도 없다. 가족사진도 없고, 기념품이나 기록 같은 것도 없다. 그저 어느 날 잠에서 깨니 객실 한쪽에 구멍이 났을 뿐이다. 어느 화물선에서 떨어진 컨테이너와 부딪친 것이다. 노인은 아무 말 없이 컨테이너를 떼어내고, 구멍을 보수하고, 물에 젖은 물건들을 말린다. 말 한마디 없이, 욕설이나 불평도 없이. 그런데 폭풍을 만난다. 배가 뒤집어지고 노인은 바다에 떨어졌다가 다시 올라온다. 결국은 구명보트에 옮겨 탄다.

엄청난 재난이다. 멀리 폭풍이 다가오는 것을 보면서 노인은 준비를 한다. 객실을 정리하고, 돛대에 올라 보수를 한다. 너무 느리다. 노인 특유의 몸짓. 천천히, 마치 매순간 생각을 하며 동작을 하는 것처럼 움직인다. 시커먼 구름이 밀려오는 것이 눈에 보이는데도 노인의 동작은 한결같다. 하지 않는 게 아니라, 할 수 없는 것이다. 노쇠한 육체를 이끌고 그렇게 움직이는 것만도 쉽지 않은 일이다. 그래서 〈올 이즈 로스트〉를 보는 일은 무겁다.

〈올 이즈 로스트〉에는 세월의 무게가 여실히 담겨 있다. 그 노인이 누구인지, 어떤 직업을 가졌고 누구와 살았는지 한마디도 하지 않았지만, 어쩐지 알 것만 같다. 아마 성실하게 살았을 것이고, 쉽게 포기하지 않고 자신의 길을 걸어왔으리라는 것을.

누구는 20대에 진리를 깨닫고, 누구는 칠십이 넘어도
유아적인 생각과 행동에서 벗어나지 못한다.
세월이 누구에게나 공평한 이유는 그 세월의 가치를
결국 그 자신이 결정하기 때문이다.

〈올 이즈 로스트〉를 보면서 문득 생각이 들었다. 왜 저렇게 노인은 몸을 움직이며, 그에게 닥친 재난에 저항하는 것일까. 과연 그는 살고 싶은 의지가 있는 것일까? 보통 재난이 닥쳐오고 생과 사의 기로에 서면 과거와 미래를 생각한다고 한다. 아직 오지 않은 미래를 생각하며, 반드시 살아남겠다고 결심한다는 것이다. 그런데 노인에게는 미래가 없다. 이미 그는 살만큼 충분히 살았다. 아마 세상에 남겨둔 것도 거의 없을 것이다. 그런데도 그는 싸운다. 처절하게 저항을 하고 어떻게든 살아남으려 한다. 그건 의지라기보다 생명의 본능처럼 보인다. 그냥 죽어버려도 좋을 것만 같은 상황에서도 노인은 끈질기게 싸우며 살아남는다. 아니 살아남기 위해 맞서 싸운다. 의지가 아니라 본능이다! 그것 때문에 〈올 이즈 로스트〉에 몰두하게 된다. 싸울 만한 힘이 있어 맞서는 게 아니라, 그게 인간에게 주어진 유일한 길이기에 노인은 살아남으려 하는 것이다. 살아야 하는 것은 선택이 아니라 운명이다.

그러니 죽기 전까지는 어떻게든 살아야만 한다. 공평하게 다가오는 세월을 지나가야만 하는 것이다. 사실 30대에는 잘 몰랐다. 일에 치이기도 했고, 이런저런 골치 아픈 사건들을 겪으면서도 달려나가는 것이 우선이었다. 마흔이 넘어서면서 조금 다르게 보이기 시작했다. 주변에서는 하나둘 요절하는 친구들도 있었다. 언제 죽음이 찾아와도 이상할 것이 없는 나이가 되었고, 어떻게 살아야 하는가는 물론 어떻게 죽어야 할 것인지를 생각해야만 했다. 생각해봐야 소용없다는 것은 알고 있다. 〈올 이즈 로스트〉에서처럼 죽음의 순간이 온다 해도 할 일은 오로지 살아남기 위한 투쟁일 뿐이다. 지금 당장을 살아나가는 일이, 먼 미래의 나를 만들기 위해 준비하는 것보다 중요했다.

그건 단지 목전의 이익이나 자기 보신에 급급한 것과 다를 테다. 지금 당장에 충실해야 언제 죽어도 아쉽지 않다고나 할까. 어차피 미래는 현재가 결정하는 것이다. 미래에 무엇을 하거나 성취하기 위해 안달복달해봐야 소용없다. 지금 뭔가를 하고 있어야 미래가 온다. 지금 살아가는 길에 의해서 미래가 결정된다. 마흔을 지나고 난 언젠가부터 죽음의 순간에 담담할 수 있어야 제대로 산 것이 아닐까, 라는 생각이 들기 시작했다. 죽음을 생각해야 삶이 풍요로워지는 것이 아닐까라는 생각도. 결국 인생이라는 건, 세월이 쌓이면서 만들어지는 것이다.

　하지만 삼십 년이 넘게 살아오면서 만들어진 개인의 생각이나 행동방식 등을 변화시키는 것은 쉽지 않은 일이다. 한편으로는 중년 이후로 넘어가면서 후안무치 해지는 사람들도 많다. 젊은 시절에는 그나마 자신의 기준이나 규범 같은 것들을 존중한다. 자신의 욕망에 반해도, 내키지는 않지만 그래도 지켜야만 한다고 생각하는 '이상' 같은 것들이 있었다. 중년이 지나가면서 그걸 서서히 내려놓기 시작하는 사람들을 보게 된다. 나날의 삶이 험해서 그런 경우는 차라리 용서가 된다. 하지만 자신의 이익이 더 중요하기 때문에, 이제 이상보다는 오로지 당장의 필요와 욕망만이 중요하기 때문에 낯이 두꺼워지고, 자신의 감정과 이익대로만 행동한다. 그건 세월이 쌓인 것이 아니라, 오래 세월 동안 힘겹게 쌓아올린 것들을 바람에 날려보내는 격이다. 살아가는 것이 얼마나 의미 있는 일인지, 매일 매일을 온전하게 보내는 것이 얼마나 중요한 일인지 알지 못하는 것이다.

　시간이란 건 상대적이다. 누구는 스무 살 시절에 진리를 깨닫기도 하고, 누구는 칠십이 넘어도 유아적인 생각과 행동에서 벗어나지 못한다. 이미 진리에 도달했다 해도 한 번 눈을 감아버리기 시작하면 다시 퇴행한다. 세월이 누구에게나 공평한 이유는 그 세월의 가치를 결국 그 자신이 결정하기 때문이다.

〈올 이즈 로스트〉를 보고 마음이 묵직해지는 건 노인이 단 한 마디도 하지 않고 묵묵히 모든 것을 받아들이는 이유를 알 것 같았기 때문이다. 욕을 해봐야, 모든 걸 내던지고 널브러져봐야 모든 것은 자기 자신에게 돌아온다. 지금 내가 이 일을 하지 않으면, 결국 언젠가는 내가 그 대가를 치르게 된다. 모든 것을 수긍하고, 모든 것을 인정하면서 치열하게 싸운다. 자신이 싸울 수 있는 방식으로.

얼마나 보잘 것 없는 인생인가. 우주까지 가지 않더라도, 이 자연의 품 안에서 인간 하나의 죽음이란 아무 것도 아니다. 깊은 산속 어딘가에서 죽으면 그대로 풍화되어 자연의 일부가 될 것이다. 그가 어떤 인간이었건 상관없다. 그래서 위대하다는 생각이 든다. 아무 것도 아닌 생명이 이 거대한 우주 안에서 살아간다는 사실 하나가.

살아간다는 건 그것 자체로 기적을 행하는 일이다. 세월을 견디는 것만으로도 뭔가를 이루는 것이고, 세월의 무게만큼 뭔가 얻는 것도 있을 것이다. 지금 당장이야 알 수 없지만. 아마도 나이가 더 들면 그만큼 더 현명해질 수 있겠지, 란 바람으로 오늘을 산다.

나이를 먹다, 나이가 들다

김교빈_철학자

왜 사람들은 나이를 먹는다고 할까? 먹는다는 표현만 놓고 보면 나이도 음식물처럼 생각하는 것일까? 하긴 음식을 많이 먹으면 살이 찌는 것처럼 나이가 들면서 찌는 살을 '나잇살'이라고 하니 나이도 먹는 것이 맞는가 싶기도 하다.

나이가 든다는 말도 자주 쓴다. 세월이 가면 나이가 하나씩 늘어나는 것은 당연한데 '는다'도 아니고 '든다'고 하는 것은 무슨 까닭일까? 나이가 든다는 표현은 철이 든다는 말과 같은 의미로 보인다. 철이란 무엇인가? 24절기를 아는 것이다. 그러니까 지금이 모를 심어야 할 때인지 벼를 베어야 할 때인지를 잘 헤아려야 철이 들었다고 한다. 그래서 그걸 모르면 철도 모르는 놈이니 철부지라고 하는 것이 아닌가. 물론 아무리 나이가 들어도 철이 안 드는 사람도 있기는 하다. 하지만 대부분의 사람들은 나이를 먹어가면서 그에 따른 경험이 쌓이고 그러면 자연히 철이 드는 것이니 나이 드는 것을 곧 철이 드는 것이라 할 수 있겠다.

여러 달 전 친구 하나가 갑자기 뇌출혈로 쓰러졌다. 다행히 빨리 병원에 가서 수술을 받은 덕에 점점 좋아지고 있다. 하지만 기억력과 인지능력이 많이 떨어져서 상당 기간에 걸쳐 재활치료가 필요할 듯하다. 그 친구를 처음 찾아갔을 때의 일이다. 나를 알아보는 듯은 한데 이름은 기억이 안 나는 모양인지 종이를 내밀며 내 이름을 쓰란다. 그리고 말도 거의 못하면서 우리 어린 시절 지내던 얘기를 듣다가 가끔씩 다시 내 이름을 쓴 종이를 보곤 했다. 마치 어린 애가 중요한 것을 잊어버릴까봐 종이에 적어놓고 자주 보듯이 말이다. 쓰러지기 얼마 전에 함께 여행을 가기로 계획 세우고 상의했던 일은 기억하지 못했는데, 아주 어린 시절 기억은 어렴풋이 남아 있는 것 같았다.

시간이 지나면서 그 친구의 가까운 기억들도 조금씩 되돌아왔다. 한두 달 뒤에 병문안으로 찾아갔던 다른 친구가 지금 몇 살이냐고 물었더니 서른이라고 하더란다. 친구들 모임에서 그 말을 듣고는 '허, 그 친구 젊어져서 좋겠군' 하고 농담들을 했다. 그리고 삼주 뒤 내가 찾아가서 다시 한 번 '자네 올해 몇인가' 하고 물었더니 쉰이라고 답을 했다. 단 삼주 만에 그만 스무 살을 먹어버린 것이다.

기억이 더 돌아와 자신의 나이가 예순이 넘은 것을 알면 어떤 반응을 보일까? 그 친구는 몇 달만에 50년을 훌쩍 뛰어넘었지만 따지고 보면 우리가 사는 세월이란 것이 그렇게 잠깐일 듯하다. 병이 다 나아서 완전히 현실로 돌아오고 나면 그 어려운 병의 고통이 그 친구 남은 삶을 기름지게 하는 좋은 거름이 될 것이라 생각한다. 그래서 아마도 십년을 더 살든 삼십년을 더 살든 남은 생 동안 나이 먹는 과정이 지금까지 나이 먹어온 과정보다 더 알찬 삶이 될 것이라 생각해본다. 아픈 그 친구를 생각하면서 500년을 산 사람보다 갓 태어나자마자 죽은 아이가 더 오래 산 것이라는 장자의 역설이 생각났다. 장자의 말처럼 삶이란 살아온 시간의 상대적 길이만 가지고 이야기할 수는 없는 것 아니겠는가.

나도 이제 60줄에 들어서고 보니 나이를 먹는다든가 나이가 든다는 것에 대해 생각이 많아지게 되었다. 더구나 그 친구가 조금씩 회복되는 해프닝 같은 일을 보면서 나이 먹는 것을 다른 관점에서 생각해보게도 되었다. 사실 어려서부터 언젠가 나도 이런 나이에 이를 것이라 생각하긴 했지만 실제 그 느낌이 어떨지는 도

무지 짐작할 수 없었다.

내가 나이 든다는 것을 확연히 느꼈던 순간은 마흔이 되던 해 첫날이었다. 그해 첫날 아침에 눈을 뜬 순간 갑자기 '아, 내가 이제 마흔이 되었구나' 하는 생각이 들었다. 혹시 내가 운이 좋아 여든까지 산다고 하면 이제 막 그 반환점을 넘어서고 있는 것이 아닌가. 그리고는 공자가 마흔을 '불혹'이라 한 것부터 에이브러햄 링컨이 '나이 40이 되면 자기 얼굴에 대해서 책임을 져야 한다'고 했다는 말까지 많은 생각이 떠올랐다. 그러자 정말 몸과 마음이 모두 무겁게 가라앉으면서 다른 때와 달리 몸을 일으키기조차 어려웠다. 참 이상한 경험이었다. 그래서 한 시간 가까이 이부자리에 누운 채 내가 이제까지 어떻게 살아왔는가를 생각하고 다시 앞으로 어떻게 살아가야 하나를 생각했다. 그 뒤로 쉰 되던 해나 예순 되던 해 첫날, 그냥 일상처럼 자리를 털고 일어난 것을 보면 아마도 마흔이 그만큼 엄청난 분기점으로 느껴졌던 모양이다.

그 뒤로 내 모습을 보면 해가 갈수록 지나쳐온 것들을 돌아다보는 일이 조금씩 늘어가는 것 같다. 그래서 쉰을 넘어선 한동안은 양희은 씨가 부른 〈내 나이 마흔 살에는〉이라는 노래를 자주 흥얼거렸다. 스무 살에는 빨리 서른이 되고 싶었지만 마흔이 되고 나니 다시 서른이 되었으면 하는 절박한 심정을 담은 노래였

아흔을 바라보는 어머니가 아직 살아계신데
내가 어찌 감히 먼저 갈 수 있겠는가.
그렇기 때문에라도 유서를 쓰는 것은 나이 들면서 풀어지기 쉬운
내 스스로를 다잡는 방법인 셈이다.

다. 나는 그 노래를 흥얼거리다가 가끔은 '왜 쉰 살을 노래한 것은
없는 거야?' 하는 생각을 했고, 그래서 '내 나이 마흔 살에는'이란
가사 대신 '내 나이 쉰 살에는'이라고 바꿔 부르기도 했다. 주변의
나보다 열댓 살 젊은 친구들은 김광석의 〈서른 즈음엔〉을 좋아했
는데, 물론 그 노래도 좋지만 그 노래를 직접 부르는 것은 조금 사
치처럼 느껴져서 그냥 듣는 것으로 만족한다. 그러고 보니 나이
를 주제로 한 노래도 제법 눈에 뜨인다. 이젠 아예 〈내 나이가 어
때서〉라는 도발적인 제목의 노래도 나와 있지 않은가.

여러 해 전에 죽음을 주제로 한 학술회의에서 발표를 맡은 적
이 있었다. 죽음이 무엇인지를 근원적으로 묻는 발표도 있었고,
유교, 불교, 도교, 기독교, 그리스 고대철학 등 각 종교나 세계관
에 따라 죽음에 대한 내용이 어떤지를 다루는 발표들이 많았다.
나는 전공이 유학인지라 '죽음에 대한 유교의 이해'라는 제목으로

발표를 했다. 그런데 발표장에 도착한 순간 꽤 넓은 공간을 가득 메우고 있는 나이 많은 청중들의 열기에 놀랐다. 그전까지는 학자들의 먹물 냄새 경연장 같은 이런 전문 학술대회에 이렇게까지 일반 청중들이 많은 것을 본 적이 없었다. 더구나 그 분들은 종합토론까지 꼬박 참여해서는 난감한 질문들을 해댔다. 어떤 분은 당신이 교직에서 정년퇴직 하고 이제 76세인데 앞으로 어떻게 살아야 하는지를 듣기 위해 왔노라고 하셨다. 또 다른 분은 식물인간이 된 자기 형님 병구완 때문에 병원비를 대느라 가산이 거덜 나는 조카들의 현실을 어떻게 해야 하는지 물었다. 그런 질문에 도움이 될 수 있는 답변이 내게는 없었다. 나는 그저 근대 이전 유교 지식인들은 삶과 죽음을 하나의 연장선에 두었다는 것, 그 가운데 도덕적 자부심으로 삶과 죽음에 모두 의연하게 대처한 지식인들이나 자연과 인간이 하나라는 생각을 바탕으로 죽음 또한 자연스럽게 받아들인 지식인들 얘기 정도를 할 수 있었을 뿐이었다. 그러면서 저 분들의 모습이 20년쯤 뒤의 내 모습일 수 있다는 생각이 절실히 들었다.

오십대를 마지막으로 보내던 해에는 이런 일도 있었다. 오랜 인연으로 만나는 후배들과의 연말 모임 자리였는데 사회를 보던 후배가 새해 제일 먼저 무슨 일을 하고 싶은지 각자 돌아가면서 이야기해보자고 했다. 해가 바뀌면 육십 줄에 접어들게 된 나는 문득 죽음을 말하던 학술회의 생각이 났다. 더구나 그 모임에서는 내가 가장 나이가 많은 선배였다. 내 차례가 되었을 때 나는 일어나 새해 처음 할 일로 유서를 써두려 한다고 이야기했다. 내 말이 시작되자 몇몇 후배들이 의아한 표정을 지었다. 그래서 조금 장황한 설명을 덧붙였다. 유서의 첫 문항은 내가 뜻하지 않은 죽음에 직면했을 때 사람의 존엄을 유지하면서 죽음을 맞을 수 있게 도와달라는 부탁을 가족들에게 할 것이라고 했다. 그리고 나머지 내용들은 조금 더 심사숙고 해보겠지만 아무튼 새해 첫 일로 유서를 써두겠다고 했다. 그러면서 유서를 쓰려는 더 근본적인 이유는 죽음을 대비해둠으로써 남은 삶을 더 적극적으로 살게 될 것 같기 때문이라는 말을 덧붙였다. 아흔을 바라보는 어머니가 아직 살아계신데 내가 어찌 감히 먼저 갈 수 있겠는가. 그렇기 때문에라도 유서를 쓰는 것은 나이 들면서 풀어지기 쉬운 내 스스로를 다잡는 방법인 셈이다. 그래서 그런지 2년이 다 지나간 지금도 내용만 이리저리 구상하면서 아직 완성을 못 보고 있다.

얼마 전 중고등학교를 같이 보낸 가까운 동창 한 명이 개인전을 열었다. 대학에서 언어학을 전공했고 30여 년 동안 제조·무역·건설 등의 일에 몸담았으며 그 가운데 20여 년은 해외에서 보내면서 사장도 몇 차례 맡았던 친구였다. 그런데 몇 년 전 은퇴하면서 취미로 그림에 빠져 지내더니 이제 개인전까지 열고 화백으로 불리기 시작한 것이다. 언젠가 그 친구가 자기가 좋아하는 베트남 화가 이야기를 했다. 그 사람은 의사였는데 예순이 되면서 의사를 그만둔 뒤 백 살까지 그림을 그리며 보냈다고 한다. 하긴 내 주변에도 그런 분들이 여럿 있다. 그중 한 분은 나보다도 연배가 높은데 외무부에 있으면서 여러 나라의 대사까지 지낸 분이다. 그분은 정년퇴직 후에 철학 공부를 시작해서는 장자를 전공한 박사가 되었다. 그렇게 노력하는 사람의 지도교수가 된 내가 그 분보다 더 복 있는 사람이라는 생각을 해본다. 하긴 우리 집사람도 30여년 몸담았던 교직을 떠난 뒤 하모니카도 배우고 자전거도 수준급으로 타면서 새로운 삶을 즐기고 있다.

앞으로 내게 주어진 삶은 얼마나 남았을까? 아마도 갈 길이 온 길보다는 짧을 것이다. 더구나 시간이 지날수록 삶의 질은 더 빠른 속도로 떨어져가겠지. 하지만 얼마나 남았는가보다는 어떻게 살아갈 것인가가 중요한 문제이리라. 그러기에 가족에게 남길 글을 이리저리 준비하는 마음으로 나이 먹고 나이 들어가려 한다. '내 나이 예순 살에는'을 흥얼거리며 지나간 것을 되돌아보기에는 앞에 남은 시간이 더 소중하지 않겠는가.

몸 그릇에 세월을 담다

강신익_인문의학자

🦋

대학을 졸업한 지도 30년이 넘었다. 그 세월은 하얗게 세어버린 머리카락에, 두꺼워진 돋보기에, 늘어가는 주름살과 검버섯에 그리고 이따금씩 눈치 없이 벌떡벌떡 일어나 자리를 양보하는 지하철 속 젊은이들의 모습 안에 고스란히 담겨 있다. 흰 머리카락과 주름살은 하루아침에 생긴 것이 아니어서 그 변화를 한꺼번에 느낄 수가 없지만, 나를 노약자 취급해 자리를 양보하려는 젊은이를 만났던 사건은 30년 세월의 무게가 한꺼번에 들이닥친 충격적 경험이었다. 내가 아는 나와 남이 보는 나의 모습이 이렇게 다르다니! 나는 내 몸과 마음속에 세월을 쌓아두지만 나를 보는 사람들은 내 몸의 겉모습을 보고 흘러가버린 세월을 계산하고 있었던 것이다. 쌓이는 세월과 흐르는 시간의 어긋남이다.

어쩌다 모교에 가면 벽면에 빼곡히 붙여놓은 졸업생들의 사진 속에서 나의 모습을 찾아보곤 한다. 그리고 그 사진을 찍었을 당시의 상황을 떠올린다. 당시에는 장발이 유행이었지만 어지간히 부지런하거나 부유하지 않으면 샤워는 말할 것도 없고 매일 머리를 감는 것도 쉽지 않은 시절이었다. 며칠이나 감지 않아서 부스스한 긴 머리카락, 빌려 입어 몸에 맞지도 않는 넥타이와 정장 상의 그리고 술에 절어 게슴츠레한 눈빛 속에서 군부독재 시절을 살고 있는 젊은 내가 늙어버린 나를 보고 웃는다.

그렇게 30년이란 세월을 사이에 두고 마주한 두 모습의 나는 어떻게 같고 어떻게 다를까? 당신이 기계적 생물학을 신봉하는 의사나 과학자라면, 두 모습의 나는 거의 또는 완전히 똑같은 DNA 염기서열을 가지고 있으므로 같은 사람이라고 말할 것이다. 당신이 스타들의 10년 전 사진을 보여주면서 세련된 지금과 우스꽝스러웠던 과거를 비교하며 깔깔대는 예능 프로그램의 평범한 시청자라면, 유행과 패션이 사람을 완전히 바꾼다고 놀라워할 것이다. 하지만 당신이 나를 낳고 길러주신 그리고 변해가는 나를 꾸준히 지켜봐주신 내 어머니라면, 또 어머니만큼은 아니지만 인생의 절반 이상을 나와 함께 살아와 누구보다도 나를 잘 아는 아내라면, 30년 세월 속에 쌓여 있는 기억의 실타래를 찾아내 두 모습을 연결짓는 그럴듯한 이야기를 꾸며낼 것이다. 과학자와 시청자의 시선이 생물학적 동일성을 근거로 차이를 찾는다면 어머니와 아내는 당신들이 나와 맺어온 관계의 흐름을 읽어내려고 한다.

차이는 정지된 두 순간의 상태를 비교한 것이고 흐름은 그 순간들이 이어져 만들어내는 더 큰 새로움이다. 그러니 시간을 가로, 세로, 깊이라는 삼차원 공간에 덧붙이는 또 하나의 물리적 차원 정도로 여기는 태도는 재미도 없을뿐더러, 세월을 그 속에 담으며 살아가는 우리 몸의 진짜 경험을 제대로 설명하지도 못한다.

30년 전과 지금의 나를 다르게 만든 것은 똑같은 속도의 균질한 시간의 흐름이 아니라 그 시간을 살아온 내 몸의 경험 그리고 삶의 흐름이다. 입학시험에 실패해 좌절했던 시간과 달콤한 연애 감정에 빠져 있던 시간은 물리적으로는 길이가 같아도 질적으로는 전혀 같은 시간일 수 없다. 그렇게 다른 느낌과 그에 따른 몸의 변화가 만들어낸, 조금씩 달라져온 '나'의 흐름이 바로 삶이다.

하지만 우리는 그 흐름을 볼 수도 만질 수도 없다. 그래서 그것을 흐르는 물이나 날아가는 화살에 비유해 어떻게든 공간적으로 이해해보려고 한다. 아이들에게 새로운 개념을 설명하려면 아이들이 잘 알고 있는 것에 빗대어 설명하는 것이 가장 좋은 교육법인 것과 같다. 이렇게 해서 강물과 화살이 시간과 세월의 속성을

나는 내 몸과 마음속에 세월을 쌓아두지만
나를 보는 사람들은 내 몸의 겉모습을 보고
흘러가버린 세월을 계산하고 있었던 것이다.
쌓이는 세월과 흐르는 시간의 어긋남이다.

가장 근사하게 대변해주는 은유로 자리 잡게 된다. 그리고 급기야
는 그것이 은유라는 사실조차 잊어버리고 시간을 공간적으로 존
재하는 물리적 실체로까지 여기게 된다.

　이렇게 되면 시간은 사라져버리는 기회와 같은 것이고 그래서
'시간은 돈'이라는 금언이 탄생한다. 그러니 어떻게든 악착같이
그 시간과 기회(돈)를 붙잡아야 한다. 시간은 내 속에 녹아들어 나
와 하나가 되는 것이 아니라 쟁취의 대상이다. 지나가버리는 기회
를 놓치지 않기 위해 전전긍긍하느라 오히려 자연스런 성공과 건
강을 잃는 경우도 적지 않다.

　그래서 나는 시간과 세월을 흘러서 사라지는 것이 아니라 몸
속에 쌓이는 것으로 생각하기 시작했다. 사라질 것에 대한 집착이
아닌 시간과의 하나됨 속에서 익어가는 지혜와 통찰을 얻을 수 있
을 것이기 때문이다. 사라지는 시간과 기회를 붙잡아 생명을 '소
유'하려고만 하지 않고 쌓이는 세월과 지혜를 통해 인생을 '향유'

하려는 목표를 세운다면 우리의 삶은 더욱 풍요롭고 아름다워질 것이라 믿는다. 이 믿음은 생명을 다루는 과학을 공부하면서 더 강해졌다.

19세기에 시작된 진화생물학은 인간을 포함한 모든 생명이 단 하나의 뿌리에서 갈라져 나와 각기 다른 방식으로 세월을 축적해온 결과라는 놀라운 사실을 일깨운다. 생명은 자신과 아주 조금씩 다른 후손을 생산함으로써 변해가는데, 진화란 그 작은 '다름'들 중에서 주어진 환경에 적합한 것이 살아남아 다시 그 다름을 간직한 많은 후손을 남기는 방식으로 변해가는 과정이다. 그리고 그 같음과 다름을 만들어내는 것이 모든 생명체가 가지고 있는 DNA라는 유전물질이다.

그런데 놀라운 것은 약 30억 개의 염기쌍으로 이루어진 유전 정보 중에서 형질 발현—'다름'을 만들어내는—에 관계하는 것으로 밝혀진 부분은 전체의 2퍼센트에 지나지 않는다는 사실이다. 과학자들은 아직 그 기능이 알려지지 않은 98퍼센트에 '쓰레기 DNA'라는 모욕적인 이름을 붙여주었다. 그렇다면 왜 우리 몸은 모든 세포 속에 아무짝에도 쓸모가 없는 쓰레기를 잔뜩 쌓아놓고 있는 것일까? 과학은 아직 이 물음에 제대로 답하지 못한다. 그리고 지금은 오히려 그것을 쓰레기라고 부르는 사유방식이 문제라는 생각을 하는 사람이 많아졌다.

우리가 그 기능을 모른다고 쓰레기 취급을 하는 건 자연에 대한 모독일 게다. 그래서 이 DNA들은 생명이 환경과 상호작용한 경험의 기록이라고 생각하는 과학자가 많아지고 있다. 이런 관점을 취하면 형질 발현에 관여하지 않는다고 알려진 98퍼센트의 DNA는 쓰레기가 아니라 생명의 역사가 기록된 귀중한 자료가 된다. 이 기록은 흘러가버리는 시간의 관점에서 보면 쓰레기지만 몸속에 쌓이는 세월의 관점에서 보면 생명의 과거와 미래를 밝혀줄 정보의 보고인 셈이다.

DNA를 통한 설명이 잘 와닿지 않는다면 역사에서 실제로 일어났던 사건을 떠올리는 것도 좋다. 16세기에 스페인의 정복자 코르테스는 단 500명의 병력으로 수십만의 인구를 거느린 아즈텍 왕국을 정복한다. 상식적으로 잘 이해가 되지 않는 이 결과는 두 인구집단이 어떤 세월을 몸속에 쌓아왔는지의 차이로 설명된다. 코르테스의 군대를 포함한 유럽인들은 수천 년 동안이나 서로 정복하고 교역하면서 수많은 전염병을 경험했고 그를 통해 많은 사람들이 죽었다. 중세의 페스트만 해도 당시 유럽 인구의 4분의 1 이상을 죽음으로 몰아넣었을 정도다. 그러나 그 고난을 견디고 살아남은 사람들은 여러 가지 전염병에 대해 면역을 습득하게 되었다. 조상들이 경험한 고난이 후손들의 몸에는 약이 되었던 것이다.

하지만 아주 오랫동안 산악지대에 고립된 채로 살면서 상대적으로 교역이나 정복의 경험이 적었던 아즈텍 사람들의 몸속에는 그런 혹독한 세월이 담겨져 있지 않았다. 그 결과 스페인 병사에게는 대수롭지 않았던 천연두 바이러스가 이들에게는 치명적이었던 것이다. 당시 아즈텍 사람들은 스페인 사람들은 멀쩡한데 자신들만 죽어나가자 종교적 신념과 싸울 의지를 함께 잃어버렸다. 결과는 제국과 문명 전체의 몰락이었다. 아즈텍의 몰락은 결국 유럽과 아메리카 원주민이 자신들의 몸속에 쌓아온 세월의 차이가 만들어낸 역사 드라마였다고 할 수 있다.

DNA는 진화의 기록이고 면역 세포들은 몸의 생물학적 경험을 담고 있다. 그리고 내 몸 특히 얼굴은 내가 살아온 경험이 담긴 그릇이요 내 생애의 기록이다. 미국의 16대 대통령 링컨은 "나이 마흔이면 얼굴에 책임을 져야 한다"고 했는데 허투루 들을 말이 아니다. 내 얼굴에는 살아오면서 지었던 표정, 몸짓, 감정의 흔적이 담겨 있을 수밖에 없는데 40년쯤 그런 표현을 하면서 살아왔다면 그 패턴이 얼굴에 남는 건 당연하기 때문이다. DNA와 면역계와 얼굴은 각각 진화와 생명의 경험 그리고 생애의 역사를 담고 있는 그릇이라고 할 수 있다.

우리는 그렇게 세월이 담긴 몸으로 세상을 살아간다. 세월은 내 속에 쌓이고 세월을 품은 나는 끊임없이 이 세상을 흘러간다. 흐르는 건 시간이 아니라 나 자신이다. 나는 세상을 흘러가면서 내 속에 쌓인 시간을 조금씩 덜어낸다. 그리하여 죽음의 순간에는 한 평생 삶의 흔적을 품은 한 조각 느낌으로 피었다가 사라질 것이다.

세상에서 가장 못된 '늙은 놈'

김욱_번역가

내 전직(前職)은 저널리스트다. 30년 넘게 신문기자로 사건을 쫓아 다녔다. 사건이란 결국 사람과 세상의 충돌이다. 나는 충돌이 일어나는 자리의 목격자가 되고 싶었다. 그래서 기자가 됐다. 헌데 살다보니 내 안의 충돌, 내 안에서 일어나는 폭발에는 미처 신경 쓰지 못했다는 자각이 들었다. 정신이 퍼뜩 났다. 육십이 훌쩍 넘은 나이에 정신을 차린 것이다. 그때부터 나는 글을 쓰고, 내가 좋아하는 외국 작가들의 책을 번역하고, 내 손을 타고 넘어 글이 된 문장대로 살려고 노력했다.

내 인생 최초로 겪게 된 세상과 나의 충돌이었다. 남들이 은퇴하고 쉬어야겠다고 말할 때 나는 마침내 내가 하고 싶었던 글 쓰는 직업을 갖게 되었고, 노작가가 흔히 은퇴성명을 발표하는 칠십이 넘은 나이에 난생 처음 내 이름이 새겨진 책을 세상에 내놓았다. 다 큰 자식들의 도움을 받아가며 손주새끼들 기저귀 갈아주고 울음 달래주는 것으로 내 친구들이 지쳐갈 때, 나는 펄펄한 젊은 저술가와 번역가들에게 밀리지 않으려고 사전을 뒤지고, 워드프로세서를 배웠다.

이 모든 도전과 시도는 나 자신의 새로운 삶을 위한 것이기도 했지만 동시에 '당신, 이제 끝났어. 도대체 나이가 몇 개야?'라고 깔보고 짓밟으려는 세상과의 투쟁이기도 했다. 당신은 이제 늙었으니까 젊은 사람들에게 기회를 줘야 한다, 늙었으니까 예전만 못할 것이다, 늙었으니까 꿈이 없을 것이다…, 라고 말하는 세상의 목소리는 내 귀에 나이 든 자에 대한 선입견으로밖에 들리지 않았다. 내 나이가 올해로 만 여든 셋이다. 운이 좋아서 육십이 조금 넘은 나이까지 월급쟁이로 빌붙을 수 있었다. 그 후로 이십여 년, 나는 고령화로 접어드는 한국사회와 맹렬한 싸움을 거듭했다. 저널리스트 동기였던 친구들은 진지한 표정으로 이렇게 말했다.

"김형, 언제까지 지금처럼 살 거요? 이젠 그만 쉬라구요. 한국에선 그렇게 혼자 설쳐대는 게 아니에요."

그들은 나를 위해 몇 번이고 충고를 아끼지 않았다. 그때마다 나의 대답은 한결같았다.

"내가 서있을 자리가 없어질 때까지, 그때까지 나는 갈 거요."

그 결심은 지금도 변함이 없다. 나는 계속 앞으로 걸어간다. 끝까지 위험한 길을 고집할 것이다. 그러다 죽으면 그만이라는 생각으로 살아왔다. 친구들의 충고대로 어디를 가나 이단자 취급을 받고 따돌림도 당했다. 하지만 내겐 그것이 삶의 보람이다. 누가 뭐라고 하던 내가 가고 싶은 길을 따라 뚜벅뚜벅 걷고 있다는 것, 그것이 나의 자랑이다.

그래서일까. 어떤 사람들이 바라본 나는 혼자 잘난 척이나 하는 건방진 노인네로 보이는 모양이다. 하지만 그들이 보지 못하는 곳에서 나의 투쟁은 절망적이다. 어렵다, 힘들다, 라는 말로 설명할 수 있는 노력과 인내 정도가 아니다. 그러나 나는 멈추지 않고 포기하지도 않는다.

당연히 두려울 때도 있다. 그때마다 새롭게 결심한다. 좋아, 세상에서 가장 못된 늙은 놈이 돼보자. 그러면 힘이 솟는다. 내 손으로 먹을 것을 구하지 못하게 되어 먹을 게 없어진다면 그 즉시 먹지 않겠다고 각오하는 것이다. '나'답게 살아가는 첫걸음이다. 이보다 더 재미난 인생은 없다.

그런데 사람들은 해보지도 않고서는 못하겠다며 물러난다. 여

스스로를 위해 뭔가 다른 일을 해보고 싶지만

그 일은 미지의 길이며 위험하기 때문에,

더는 청년이 아니기 때문에 두 번 다시 재기할 수 없으리라

고민하며 주저하는 세월들이 쌓인다.

그렇게 고민하는 동안 시간은 점점 더 줄어든다.

든이 넘은 늙은이도 해내는 판에 나보다 훨씬 어린 것들이, 건장한 것들이, 힘이 있는 것들이, 능력이 있는 것들이 못하겠다며 우는 소리나 해댄다. 그 꼴을 보고 어떻게 속이 안 뒤집힐 수 있을까.

나도 속으로는 후회막심이다. 나야 늙어서도 먹고 놀 수 있을 만큼 벌어둔 게 없으니 먹고살기 위해 이런 일을 하고 있다지만 다른 누군가는 나처럼 살지 않고 자신이 원하는 대로 살고 있는 사람도 있을 거야, 라는 생각이 들 때면 폐부가 찢어지는 듯한 투기(妬忌)가 치민다. 아마도 나처럼 남들이 보지 않는 곳에서 마음의 충동과 미혹을 숨기고 있는 사람들이 대다수일 것이다.

그 충동과 후회를 못 견디겠다면 나이 들어가는 내 몸뚱이에 자신이 없더라도 마음이 원하는 진짜 삶을 선택해야 한다. 어느 방향을 바라봤을 때 가슴이 더 뜨거워지는가. 나를 뜨겁게 만드는 그 방향으로 움직이기만 하면 된다.

———

그 길은 위험할 것이다. 지금껏 남들만큼 잘 살아왔는데, 이 나이 먹고 그런 짓을 왜 할까, 지금까지 쌓아온 평온한 일상이 무너지는 것은 아닐까, 이대로 파멸하는 것은 아닐까, 그러니 가지 말자, 그냥 여기 남자, 라는 또 다른 마음이 걸음을 멈추게 할 수도 있다.

솔직히 고민해보기를 권한다. 대체 인생에서 이것이냐 저것이냐, 라는 선택의 갈림길이 왜 생기는 걸까. 왜 한 길로 가지 못하고 방황하게 되는 걸까. 그 일을 했다가는 먹고살 길이 막막해서다. 그래서 많은 사람들이 원치 않는 길을, 직업을, 생활을 선택한다. 일정 기간의 안정된 삶이 보장되기 때문이다.

만약 인간이 먹고사는 문제만을 고민하는 존재였다면 이렇게까지 방황할 필요는 없을 것이다. 하지만 인간은 그런 존재가 아니다. 그래서 방황한다. 그 길은 분명히 위험하다. 그런데 가고 싶다. 정말 가고 싶은 길이다. 그렇다면 가는 수밖에 없다. 나는 이것이냐 저것이냐의 선택이 주어졌을 때 이왕이면 내 인생에 마이너스가 되는, 다시 말해 위험이 가중되는 길을 택하고자 했다. 인간은 생각보다 약하다. 그것을 알기 때문에 자신을 보호한다는 변명으로 도망친다. 머리로 계산하며 자신에게 유리한 조건을 따진 후 이런저런 이유를 붙여 안전한 방향으로 나아가려고 한다.

지금 하고 있는 일을 때려치우고 싶지만 달리 할 일이 없어서 고민하는 사람들이 많을 것이다. 스스로를 위해 뭔가 다른 일을 해보고 싶지만 그 일은 미지의 길이며 위험하기 때문에, 더는 청년이 아니기 때문에 두 번 다시 재기할 수 없으리라 고민하며 주저하는 세월들이 쌓인다. 그렇게 고민하는 동안 시간은 점점 더 줄어들 뿐이다.

우리 모두가 많든 적든 이런 고민을 안고 있을 것이다. 내심 다른 회사, 혹은 다른 업종에서 일해보고 싶다는 희망이 있지만 선뜻 결심하지 못한다. 일신의 안전과 미래에 자신을 담보로 내놓았기 때문이다. 어쩔 수 없이 지금의 생활을 인내하고 있는 사람들이 얼마나 많은지 모른다. 그 인내가 은퇴 후에도 지속된다면 도대체 나는 누구를 위해, 무엇을 위해 한평생 살다가 떠난단 말인가.

내가 입버릇처럼 하는 말이지만, 혼자 고민해봐야 소용없다. 자신이 속으로 얼마나 많은 고민을 안고 있는지 누가 알아주는 것도 아니다. 발전이 없는 고민은 다람쥐 쳇바퀴 돌듯 끝나버린다. 결단해야 한다.

나의 미래는 어떻게 되는 것인가, 라고 고민할 바에야 일단 저질러놓고 이제 뭘 해야 되나, 고민하는 것이 낫다. 어쨌든 나의 의지가 관철되었으므로 후자의 고민이 훨씬 생산적이다. 결과를 겁낼 필요는 없다. 상황이 악화되면 악화될수록 재미있게 되었다고 기대해본다. 운명은 언제나 자신의 생명을 내던진 자에게 문을 열어주는 법이다. 다른 방법은 없다. 몸을 던져 세상과 부딪쳐보는 길밖에 없다. 먼저 몸으로, 다음은 마음으로 밀고 나간다.

부딪쳐보기도 전에 나는 분명히 실패할 거야, 라고 혼자 결정하고 혼자 체념하고 혼자 실망한다면 너무나 어리석은 짓이다. 인생이란 원래 벼랑 끝이다. 누군가에게 떠밀려 벼랑으로 떨어지느니 내 발로 뛰어내려 운명을 개척하는 편이 최소한 후회는 남지 않는다. 이제는 어린애도 아니다. 볼 것 안 볼 것 남들만큼 다 본 나이가 되었다. 나 하나쯤 어떻게 된다고 해서 가족들이, 친구들이, 세상이 가슴을 치며 통곡해주는 것도 아니다. 부딪쳐보기도 전에 단념해버렸다면 이미 누군가에게 등을 떠밀려 벼랑으로 떨어졌다는 뜻이다. 내 안에 내가 남아 있지 않다는 증거일 뿐이다.

벽을 깨고 다시 한 번 세상과 충돌해보자. 여든이 넘은 내가 나보다 젊은 사람들에게 해줄 수 있는 유일한 충고는 이 나이 먹고도 세상은 내가 모르는 것 천지며, 신기한 것투성이며, 하고 싶은 일이 너무 많이 있어서 걱정이라는 것이다.

야구 명언 중에 끝나기 전에는 끝난 게 아니다, 라는 말이 있다. 인생과의 싸움은 끝이 없다. 그리고 패자도 없다. 내가 인생을 이겨버린다면 나는 승리자가 된다. 내가 인생에게 패한다면 승리자는 나의 인생이 된다. 손해볼 것 없는 이 싸움에서 꼬랑지를 말고 도망쳐 숨는다니 부끄러운 일이 아닌가.

사람을 묻다

슈퍼맨과의 산책

조재룡_문학평론가

시간이 흐른다. 아니 시간이 흐른다고 말한다. 나에게는 시간이 흐른다는 이 말이 몹시 새삼스럽고도 심지어 공교로워 보인다. 심지어 유치한 말처럼 들리기도 한다. 초등학교 때, 실감하거나 이해하거나 공감하거나, 뭐 그 정도의 차원을 훌쩍 넘어, 말 그대로 '시간이 흐른다'를, 아니 그 명제를 직접 증명해보려 했던 경험이 있기 때문이다.

영화 〈슈퍼맨〉을 보고 온 날이었다. 어쩌면 몇 달 후였을지도 모르겠다. 당시 나는 이 영화를 보고서 '지구가 돌고 있다'는 엄연한 진리를 깨닫게 되었다. 지구가 돌고 있다는 것, 그 만고불변의 진리에 대해 처음으로 깊은 생각에 빠졌던 것은 순전히 영화 덕분이었다. 지구에서, 시민의 자격으로 근 10여 년을 넘게 살아왔으면서도, 당시의 나는 부끄럽게도 그 사실조차 까마득히 잊고 있었다. 그때까지 대체 뭐하며 지냈던 걸까? 이렇게 확고부동한 진리에 대해 조금도 관심을 두지 않고서 어떻게 10년을 넘는 세월을 아무 탈 없이 지나올 수 있었던 걸까? 그렇다. 내가 게을렀다고 해야 한다.

훗날 불문과에 입학하여, 프랑스어에서는 불변의 진리를 표현할 때 단순과거를 사용한다는 지루한 설명과 더불어 예문으로 불려나온 'La terre tourna(지구는 돈다)'를 접하기 훨씬 이전에, 나는 이미 '지구는 돈다'는 문장을 현실에서 생생하게 마주했다. 그뿐만 아니었다. '지구는 돈다' 그 자체의 성격과 특성에 대해 깊은 성찰을 도모하였으며, 그것으로 모자라 실천을 통해서 직접 이 명제를 확인해볼 구체적인 방법까지 모색했다고 말해야겠다.

문제는 '지구가 돈다'라는 사실을 처음으로 깨닫게 되었던 이 초등학교 때의 신비한 경험이 그만, 불안에 시달리며 잠을 못 이루게 된 첫 경험으로 고스란히 이어졌다는 데 있었다. 영화에서 본, 지구를 '거꾸로' 돌린다는 생각, 그렇게 해서 시간을 되돌린다는 아이디어가 내게 준 충격이 그만큼 컸던 탓일까? 당시 내게 슈퍼맨처럼 애인이 있었을 리 만무했고, 죽은 애인을 되살려낼 필요가 있을 리는 더더욱 없었기 때문에 그렇게 충격적이었던가? 그렇다면 슈퍼맨은 왜 지구를 거꾸로 돌려야만 했는가? 어쨌든 슈퍼맨은 제 애인을 살리기 위해, 지구가 회전하는 속도보다 더 빠른 속도로 지구를 거꾸로 돌고자 했고, 그걸 실천하는 데 특별한 성찰이나 진지한 연구가 필요했던 것도 아니었다. 지금에서 생각해보면 물론 그가 슈퍼맨이니까 가능했던 일이다. 그러나 굳이 그가 슈퍼맨이어서, 오로지 슈퍼맨이기 때문에 그런 용기를 낼 수 있었다는 사실은 초등학생인 내게는 별로 중요하지 않았다.

내가 받은 충격은 쉽게 가시지 않았다. 태어나서 10년 남짓한 세월을 지나오면서 겪었던 일 가운데 가장 큰 충격이 아니었을까. 그래서인지, 그 이후 나는 틈만 나면 한창 바쁘게 돌고 있는 지구의 속도를 몸으로 느껴보려고 애썼다. 그러나 그게 그렇게 쉽게 될 리가 없었다. 당시에 내가 시도해본 유일한 방법은 고작해야 거꾸로 내 몸을 돌리는 것뿐이었다. 돌다가 어지럼증을 느끼거나 다리가 풀리기도 했다. 가끔 토가 나올 정도로 정신이 혼미해지기도 했다. 그러나 지구를 거꾸로 돌리려는 내 의지를 막을 수 있는 것은 없었다. 이 일을 감행하기 전에 준수해야할 나름의 규칙을 세워두는 일도 잊지 않았다. 물론이다. 때마침 1979년 초등학교 5학년 자연 교과서에는 자전과 공전의 원리를 아주 이해하기 쉽게 풀어놓은 그림이 실려 있었다. 그렇다. 내가 5학년 때 겪은 일이다. 그러나 내 머리로는 그 원리를 이해할 수 없었으므로(나는 '자연'을 몹시 싫어했다), 그림을 보면서 지구의 기울어진 각도(공전 때문에 생긴 각도인가? 여전히 모르겠지만)에 내 몸의 기울기를 얼추 맞춘 다음, 그 각도를 그대로 유지한 상태에서 또한 넘어지지 않으려 최대한 애를 쓰면서, 내 온몸을 회전하는 지구의 반대방향으로 천천히 돌리다가 점점 가속도를 붙여나가는 것, 이것이 바로 실행하기에 까다롭다면 까다롭다고 할, 내 나름의 규칙이었다.

물론 나는 슈퍼맨이 아니었다. 그래서 원칙을 고수하면서 돌고 있는 지구를 역행하는 일에는 늘 크고 작은 문제가 따라 다녔다. 그때마다 나는 자연 교과서의 공전과 자전 대목을 몇 번이고 반복해서 읽었다. 그림을 뜯어보고 살펴보고 돌려보고 앉아서 보고 누워서 보고 서서 보고, 급기야 밥을 먹으면서도 뚫어져라 주시하였다. 작다고만 할 수 없는 이런저런 노력 끝에, 나는 자전과 공전의 원리를 나름대로 깨우칠 수 있었다. 그런데 그 속도, 검색에 의존해 지금에서야 정확히 알게 된, 다음과 같은 계산에 따른 그 속도, 즉

지구의 자전 속도: 초속 463m

지구의 둘레(적도기준): 약 4만km

하루에 한 바퀴 회전: $40000/24 = 1666.666/3600 = 0.463$km

자전 속도: 1666.666km/h(시속) $= 463$m/s(초속)

지구의 공전 속도: 초속 29.8km

지구에서 태양까지의 거리: $150,000,000$km

지구 공전 궤도: 약 9.4×10^5km

지구의 공전 속도: 9.4×10^5km/365×24h

공전 속도: $107,160$km/h(시속) $= 29.79$km/s(초속)

처럼, 복잡한 계산에 의해 산출되는 회전 속도, 그중 특히 공전 속도는 도무지 이해할 수가 없었다. 대체 어느 정도를 말하는 것인지, 아무리 상상력을 발휘해보아도 나로서는 짐작조차 할 수 없는 일이었다. 한창 명랑하고 씩씩해야 할 어린 아이에게 지구는 정말 이래도 된단 말인가? 절망의 한숨을 내쉬고 포기의 쓴 맛을 체험했던 것은 지구의 기울기가 아니라 바로 속도였다.

누구에게 물어봐야 하는지, 뭐 그런 게 중요한 것은 아니었다. 어차피 해결되지 않을 물음이었다는 것, 그게 내 문제만은 아니라는 것, 심지어 세상 그 누구도 정확히 그게 뭔지 모를 것이기 때문에, 오히려 인류의 불행일 수 있다고 생각하는 것이 중요했다. 생각해보면 오히려 그 속도에, 이러쿵저러쿵 군말이 덧붙여지거나 논리적인 설명이 가미되지 않기를 속으로 바랐는지도 모르겠다. 그렇게 되면 슈퍼맨 영화에서 받은 충격의 강도가 현저히 저하될 것만 같았기 때문이다. 오히려 그것이 큰일 아닌가. 충격이 더 이상 충격이 아닌 것으로 둔갑할 때, 충격의 신선함이 서서히 가시기 시작할 때, 그것이야말로 어린 아이에게는 더 큰 충격이다.

중요한 것은 파괴의 위기에 놓인 크립톤 행성의 신비로움과 슈퍼맨이 살고 있는 캔자스의 드넓은 황금 들녘의 찬란함을 잊지 않는 것이었고, 수정으로 뒤덮인 화려하고도 고독한 요새에서 우여곡절 끝에 지구에 버려진 불쌍한 이 소년이 착하고 올바르게 자라, 훗날 위기에 처한 지구의 구세주가 되었다는 사실, 아니, 마침내 누군가를 구하기 위해 지구를 거꾸로 돌리는 일마저 감행했다는 사실이었으니까. 슈퍼맨처럼 지구를 거꾸로 돌린다면? 결국 내게 중요했던 물음은 구체적인 방법의 탐색에 있었던 게 아니라, 욕망을 실현하는 것이었다. 물론 살려내야만 하는 애인도 없었지만. 그러나 오로지 시간을 되돌린다는 것, 이러한 발상과 그 발상 주위로 떠도는 신비감은 가끔씩 초등학생에게는 그 무엇보다도 간절한 마음으로 실현하고픈 소원이 되기에 충분하다.

가령, 이런 의문들은 가능한 자제되었다. 어떻게 슈퍼맨은 공중전화 부스에 들어가 그렇게 짧은 시간에 그렇게 재빨리 옷을 갈아입을 수 있는가? 슈퍼맨은 어쩌면 그다지도 정확하게 위기에 처한 사람들을 일일이 찾아낼 수 있었던가? 슈퍼맨이 지구의 평범한 여인과 포옹을 하고 키스를 하고, 뭐 그렇게 사랑을 나누는 데 애로사항은 없었는가? 그래야 할 때마다 그 슈퍼한 힘을 슈퍼맨은 어떻게 조절하는 것일까? 누구나 의문을 품게 마련인 이런 질문들은 중요하지 않았다.

오히려 이 합당한 의문들을 뒤로 하고, 나는 오로지 지구를 거꾸로 돌리는 행위를 동경하여 생겨난 어떤 욕망을 해소하고 싶어 했는데, 그건 클립턴 행성에서 살아보지 못한 당시의 내 머리로는 절대 생각할 수 없는 것이었기에, 아니 상상할 수 없다는 사실 때문에 내게 정말로 위대한 무엇으로 비추어졌던 것은 아니었나 한다. 이런 아이디어는 슈퍼맨보다 더 슈퍼했던, 슈퍼맨보다 훨씬 유명했던 루터 역의 진 핵크만이나, 그 카리스마로 따지자면 슈퍼맨 쯤 우습다고 할 슈퍼맨의 아버지 말론 브란도조차 생각해낼 수 없는 것이었다. 빰빠빠 빰빠빠 빰빠빠빠빠빰 빰빠빠빠빰 빠밤빠밤. 영화의 오프닝 시퀀스가 웅장하게 울려 퍼질 때, 나는 무언가 심상치 않은 일이 내 삶에서 일어난 것이라고 이미 감을 잡고 있었던 것 같다. '지구는 돈다', '시간이 흐른다'는 사실을 그 나이에 내가 깨달았다고 이렇게 장황하게 말하고 있는 게 아니다. 나는 그 사실을 깨달았을 뿐 아니라, 심지어 역행하려고도 했다. 그 후 시간이 어쩌고 하는 말에는 관심을 두지 않아도 충분할 정도로 말이다.

'시간이 흐른다'와 '세월이 흐른다'가 같은 말이 아니라는 사실을 깨닫게 된 것은 비교적 최근이다. 부끄러운 일이다. 그래도 이야기를 좀 해야겠다. 우선 이 둘 사이에는 묘한 차이가 있다. 전자가 단순한 물리적 지표라면 후자는 가치에 관한 물음을 결부시킨다. 이후로도 슈퍼맨은 진화에 진화를 거듭하며 더욱 슈퍼한 모습으로 스크린을 찾았고, 나 역시 새로 나올 때마다 영화를 보면서 성장했다.

슈퍼맨은 점점 낭만적 포즈를 상실해갔다. 특히 요즘의 슈퍼맨은 시간에는 도통 관심을 두지 않는 것 같다. 먹고 살기에 바빠서 그런 것인가? 슈퍼맨도 먹고 살아야 하는 세상이다. 바쁘게 움직여야 할 테고(뭐 슈퍼맨이니 크게 걱정할 것은 없다), 빡빡한 일정을 소화해내야만 할 것이며, 바쁘게 굴러가는 일정 속에서 휴식을 취하려 애쓰거나 건강도 생각해야만 할 것이다. 슈퍼맨이니 걱정할 필요가 없을지도 모르지만.

그런데 슈퍼맨은 세월이 시간처럼 물리적인 개념으로 환원되지 않는다는 사실을 잘 모르고 있는 것 같다. 가령 슈퍼맨은, 슈퍼맨에 어느덧 시들해진 내가, 요즘 들어 자주 집착하게 되는 추상적인 생각에는 도통 관심을 두지 않는 것 같다고 해야 할까.

내가 발견한 세월은 문학 속에 있었다. 그러고 보니 시를 읽거나 소설에 심취한 슈퍼맨을 나는 보지 못했다. 신문기자를 직업으로 갖고 있던 제1대 슈퍼맨은 그래도 책을 읽고 글을 썼을 것이다. 그런데 요즘의 슈퍼맨은 문학작품을 탐독하는 데 제 시간을 할애하는 법이 없다. 문학이 일급 보안서류도, 특정 국가의 기밀도 아닐 텐데, 왜? 시는 말할 것도 없다. '시간이 흐른다'에서 '세월이 흐른다'로 내 관심이 이전하게 된 것이 바로 문학작품 덕분이라는 사실을 슈퍼맨은 절대 이해할 수 없을 것이다. 당연하다. 그러나, 슈퍼맨, 아무리 바빠도, 아무리 할 일이 많아도 제발, 책 좀 읽어라. 억지로 짬이라도 좀 내라. 물리적인 시간에서, 자잘한 의미로 가득한 삶으로 전향하는 경로를 나는 문학의 언저리를 더듬거리며 알게 된 것 같다. 시간을 거꾸로 돌릴 필요가 이제 없어진 것일까? 이런 시를 읽으며, 천천히 세월을 되돌아보는 일에 보다 흥미를 느끼며 산다고 할까? 지구를 거꾸로 돌렸던 슈퍼맨, 이제 아듀!

한 번도 몸을 가진 적 없는 바람이

입술 사이에 동그란 몸을 얻어

허리를 말고

오목한 계단을 걸어 나온다

어릴 적 심심한 밤에는 뱀이 되던 소리

가늘고 길게 기어가다가

비눗방울처럼 몇 계단을 뛰어올라

통통 떨어져내리기도 한다

혀 위를 얇게 타고 올라가는 바람의 몸이

좁은 구멍에서 홀로 울다가

속눈썹이 긴 너를 처음 만났을 때처럼

처음 본 슬픔과 기쁨 사이를 떤다

울음과 떨림의 사이에 나란히 누워

입술로 몸이 된 너를 만지면

가만히

긴긴 첫 노래가 흐르기 시작한다

　_김주대, 〈휘파람〉

세월의 물결이 한바탕 밀려온다. 휘파람 하면 무엇보다도 가

시를 읽으면서, 우리는 한창 돌고 있는 지구를 거꾸로 돌리는
기계적인 인간에서 탈피한다.
지금 되돌리는 것은 시간이 아니라 그간 살아온 세월이다.

수정미조를 떠올리게 되지만, 그래서 프랑스 파리나 유학생 화가
등도 생각나지만, 시를 다 읽고 나니 오히려 김창완이 노고지리에
게 주었던 노래 〈찻잔〉이 눈앞에 아른거린다. 그 사이 성큼 거리
며 지나온 세월이 눈앞에 바야흐로 어떤 격식도 갖추지 않고 펼쳐
지는 순간이다. '너를 만지면 손끝이 따뜻해 온몸에 너의 열기가
퍼져 소리 없는 정이 내게로 흐른다' 같은 구절은 지금이나 예나,
필설로는 도저히 다 표현할 수 없는 감정을 한 움큼 풀어놓는다.
찻잔이기에 망정이지 얼마나 다행인가. 밤에 휘파람을 불면 재수
없다고 핀잔을 받던 시절, 정미조의 〈불꽃〉과 〈휘파람을 부세요〉,
산울림의 〈둘이서〉 같은 노래들이 퇴폐를 조장한다는 이유로 금
지곡의 목록에 올랐던 기억이 새삼스럽게 나를 찾아온다. 몹시 슈
퍼한 등화관제와 통금이 있던 시절이 시를 통해 지금 여기로 생생
하게 밀려온다.

　이렇게 시를 읽으면서, 우리는 한창 돌고 있는 지구를 거꾸로
돌리는 기계적인 인간에서 탈피한다. 지금 되돌리고 있는 것은 시

간이 아니라 그간 살아온 저 더께 낀 세월이다. 슈퍼맨을 보면서 앞만 보고 달려왔던 그 시절은 사실, 시간이 정지되어 있던 시절이기도 했다. 그랬으니, 휘파람을 불어도 뱀조차 무서워 맘대로 밖으로 나다니지 못했을 것이다. 제 아무리 슈퍼맨이라 해도 통금을 무시할 수는 없었을 것이니까. 너무나 캄캄했던 밤과 그런 밤이 끝없이 이어지던 시절, 그러나 그 어두운 터널 속에서도 속눈썹이 긴 너를 만나고 싶어 몰래 금지곡을 들으며 위로받던 시절, 슬픔이 매일 방문을 두드렸던가. 산울림의 〈아마 늦은 여름이었을 거야〉를 들으며, 그 시절을 생각하며, 또 추억하며, 자 한잔. 다시 한 번 슈퍼맨이여! 아듀.

세월은, 아니 하루하루는 기습을 준비하는 복병 같은 우울로 가득하다. 슈퍼맨만 모르는 그 사실을 평범한 지구의 인간들은 다 안다. 아니, 아는 사람은 알 것이다. 모든 것이 흑백으로 존재하는 세계, 오로지 돌아갈 수 없다는 이유 때문에 더욱 더 아련해지고 마는 무언가가 우리의 내면에 도사리고 있다는 사실을 말이다. 바로 이 내면이 기억이나 회상, 심지어 상념이라는 말로도 충족되지 않는 무정형의 무언가를 우리의 삶에 투척한다. 시시각각, 어느 때고, 조금 방심하면 엄습해온다.

시간이 더 이상 중요하지 않게 된 자리에는 어느새 측정할 수 없는 두께로 세월이 들어서 있다. 눈을 들어 하늘을 보면, 사실 아무 것도 없다. 가슴이 아프다는 것은, 가슴이 가끔 먹먹해져 아무 것도 할 수 없는 시간을 갖는다는 것은, 남보다 딱히 인생에 애착이 많다거나 삶을 기이하리만큼 사랑한다거나 감정의 기복이 턱없이 심하다거나 시시때때로 감상에 빠진다거나, 뭐, 이런 말이 아니다. 그냥 세월을 느끼며 사는 일이 그렇다는 것이다.

그런 순간과 순간에 시시각각 붙들린다는 것은, 엄청난 역사적 불행을 흑백의 화면들로 매우 담담하게 담아낸, 천천히 진행되는 한 편의 다큐멘터리를 보는 일과도 닮아 있다. 그 속도는 느리고, 이미지는 정적이며, 정념이나 주관성이 전혀 스며들지 않았음에도, 아니 스며들지 않기에 우리가 현실이라 부르는 이 다큐멘터리가 그렇게도 자주 형언하기 어려운 무엇을 우리에게 체험하게 해주는 것은 아닐까.

무언가 크게 얻어맞지 않아도, 무언가 애써 들으려고 귀 기울이지 않아도, 무언가 눈살을 찌푸리며 눈여겨보지 않아도, 흑백의 이미지가 깜빡거리며 여기저기서 불러내는 세월의 무게를 슈퍼맨에게 대관절 어떻게 설명해야 하나. 클립턴 행성에서도 이와 같은 일이 벌어지는 것일까? 이 광대한 우주에서 우리는 얼마나 작은 존재인가.

대학 본관 앞

부아앙 좌회전하던 철가방이

급브레이크를 밟는다

저런 오토바이가 넘어질 뻔했다

청년은 휴대전화를 꺼내더니

막 벙글기 시작한 목련꽃을 찍는다

아예 오토바이에서 내린다

아래에서 찰칵 옆에서 찰칵

두어 걸음 뒤로 물러나 찰칵 찰칵

백목련 사진을 급히 배달할 데가 있을 것이다

부아앙 철가방이 정문 쪽으로 튀어 나간다

계란탕처럼 순한

봄날 이른 저녁이다

_이문재, 〈봄날〉

하늘을 날면서 슈퍼맨은 지구 위를, 아니 우리 동네에 촘촘히 들어선 건물이나 거미줄 같이 퍼져나간 도로들, 깨알같이 돌아다니는 행인들이나 길 잃고 헤매는 고양이 따위를 눈여겨보지 않았을 것이다. 목표물을 향해 날아가기에도 바쁜 마당인데, 꽃이나 나무, 떨어진 낙엽이나 앙상해진 가지를 볼 시간이 있을 턱이 있나. 더구나 슈퍼맨이므로, 슈퍼맨이기에, 측정하기 어려운 빠른 속도로 날아가야만 할 테니까.

어쩌면 그건 슈퍼맨의 잘못만은 아니다. 급할 때면, 곤경에 처할 때면, 힘이 들 때면 습관처럼 슈퍼맨을 필요로 했던 우리가 잘못한 것이다. 슈퍼맨이 주변의 사람들이나 사물들에 무관심한 것은, 그러니, 어쩌면 당연한 귀결이다. 계절이 바뀌면 목련이 만발하고 철쭉이 구석구석에 붉은 물감을 풀어놓는 캠퍼스를 시계추처럼 왔다 갔다 하면서도, 목련이 피었는지 아니면 핀 것이 개나리인지, 붉은 게 철쭉인지 진달래인지 도통 관심을 갖지 못하는 나 역시, 슈퍼맨과 크게 다르지 않은 삶을 살아온 것은 아닌가. 슈퍼맨이나 나나 모두 주위를 둘러보는 일에 게을렀다고 말해야 하나. 해가 뜨고 지는 저 시간도 마찬가지다. 시계가 울리지 않았더라면, 달력이 없었더라면, 누가 알려주지 않는다면 필경 나는 영원한 미아가 되었을 것이다.

정신없이 하루를 보내도록 짜인 스케줄에 허덕이며 살아갈 수만은 없다. 바쁜 것을 미덕으로 여기는 지금의 세상에도, 다른 시간, 다른 공간, 다른 언어, 다른 풍경, 다른 사유가 있을 것이다. 오늘 저녁, 슈퍼맨과 나란히 손을 잡고 천천히 걸어서 동네의 중국집에를 가고 짜장면 한 그릇을 천천히 비우고, 바삐 하늘로 날아오르기 전에 그의 망토 끝자락을 붙잡아 끌어내려, 그와 함께 산책을 하자고 권해보아야겠다. 함께 아파트 귀퉁이의 벤치에 잠시 몸을 내려놓고서, 천천히 주위를 한 번 둘러보아야겠다.

다른 사람들의 '1만 시간'까지 끌어안다

오귀환_언론인

❧

항우 나이 스물 셋, 그는 숙부 항량이 눈짓하자 몸을 날려 그대로 칼을 뽑아 진시황으로부터 회계군수로 임명받은 은통의 목을 쳤다. 이어서 그는 갑작스런 군수의 살해에 정신을 잃고 있던 그 부하 수백 명 속으로 돌진했다. 『사기』는 그의 활약을 이렇게 기록하고 있다. "격살하기를 수백 명." 기원전 210년 진시황 사후 "어디 왕후장상의 씨가 따로 있더냐!"라는 진승의 외침을 계기로 천하가 봇물 터지듯 반란의 물결에 휩쓸린 시대, 초나라 명문 귀족 출신으로 진나라에 패망한 조국의 한을 푼다는 그의 소원이 역사의 무대에 정식으로 오르는 순간이었다. 항량과 항우가 이끄는 초나라 부흥군은 초나라 지역의 열화 같은 지원에 힘입어 금세 10만의 대군으로 성장했다.

유방 나이 서른 여덟, 반란에 돌입한 고향 패현 사람들로부터 우두머리가 되어달라는 요청을 받자 그는 처음에는 거절했다. "제 옷차림을 보세요…. 아무리 기세를 타고 반란을 일으킨들 지도자가 유능하지 못하면 안 되지요. 이건 아주 중대한 일이니, 나보다 뛰어난 사람을 찾아야 합니다." 오늘날 동네 통장 정도에 지나지 않은 최하급 관리 출신으로 건달패와 도망자 100명 남짓을 이끌던 유방이었지만, 작은 단위의 마을을 다스리는 부로(父老)라는 자연발생적인 촌락의 지도자들까지 나서 계속 설득하자 결국 승낙한다. 유방, 그의 작지만 큰 걸음은 이렇게 시작됐다.

시간은 어느 면에서는 물과 매우 닮았다. 오죽하면 세월이 흐른다고 했을까. 심지어 세월을 화살처럼 빠르다고 비유할 때도 흐른다는 표현을 그대로 쓰곤 했다. "세월은 살같이 흘러 초나라가 패망한 지(기원전 223년) 어언 13년…" 오래 전부터 인간들은 세월, 곧 시간이라는 것이 물처럼 일정한 방향성을 지닌 채 흐르지만, 결코 잡아둘 수는 없는 실체라고 이미 인식하고 있었다. 적어도 그게 시간을 생각하는 데 있어서는 대세였다.

물론 시간은 물이 아니다. 하지만 옛사람들이 이미 활용했듯 시간을 물처럼 가두어서 사용할 수 있다면, 그러니까 시간을 잡아

둘 수 있다면 어떻게 될까? 물의 특성에 천착해 물을 활용할 수 있는 기회와 가능성을 엄청나게 확장했듯이 시간도 인간의 의도대로 활용할 수 있는 길이 보다 더 넓어지지는 않을까?

시간이 인간의 세상을 벗어나 작동할 때 그런 기적은 일어나지 않는다. 하지만 시간도 인간집단 속에 들어서면 화학작용을 일으킨다. 이런 화학작용이 없다면 당장에 말콤 글래드웰이 베스트셀러 『아웃라이어』를 통해 전 세계에 대대적으로 퍼트린 '1만 시간의 법칙'부터 제대로 설명할 수 없다. '하루 3시간씩 1주일에 20시간 꼴로 10년을 투자하면, 바꿔 말해 그런 식으로 1만 시간을 투자하면 한 분야의 전문가가 될 수 있다'는 1만 시간의 법칙은 본질적으로는 물리학이 아니라 화학을 말하고 있는지도 모른다.

물론 누구나 1만 시간을 투자한다고 본인이 목표한 곳에 도달할 수 있는 것은 아니다. 비록 그가 웬만한 수재일지라도 그 목표를 이루지 못하는 경우가 더 많다. 괜찮은 작곡가였던 살리에리는 모차르트라는 너무나 뛰어난 천재의 등장 앞에서 그 빛을 잃었고, 아사다 마오 역시 김연아라는 존재를 의식하는 순간 장기인 트리플 액셀에서 크고 작은 실수를 거듭하지 않았는가. 중요한 것은 물리학을 넘어선 화학작용이 바로 그 기적의 숨어 있는 촉매이자 열쇠라는 사실이다(1만 시간의 법칙이 본질적으로 개인의 자기계발 문제이지 집단의 문제가 아니라고 주장할 수도 있다. 하지만, 이미 전문가라는 목표 자체가 집단을 전제하고 있다는 점을 놓치지 마시길!).

개인이 아닌 집단에 적용되면 이 화학반응, 화학작용은 양적 변화의 규모를 넘어 질적 변화의 수준으로 확대된다. 자신만의 시간이 아니라 자신을 지지하는 사람들의 시간까지도 함께 아우르며 집단 전체가 총체적으로 발효하고 폭발한다. 본질적으로 차원 자체가 달라지는 것이다.

알기 쉽게 지도를 예로 들어 보자. 우리는 국경이 선으로, 강이 선이나 좁은 면으로, 대륙과 바다가 평면의 일부분으로 표현된 2차원적인 지도에 익숙하다. 하지만 이런 2차원적인 지도가 세상과 인간집단의 실체를 정확하게 반영하고 있을까? 오히려 왜곡시키는 측면이 크지는 않을까?

이 2차원적인 평면지도에 인구와 기술력, 집단효율, 군사력, 가능성 등을 반영한 3차원의 입체지도를 상상해보라. 이해하기 쉽게 기존의 평면지도는 평면도로서 인정하되 그 위에 인구나 기술력, 집단효율, 군사력, 가능성 등을 입체로 올려보자. 어떤가? 2차원 평면지도에서는 중국을 북방에서 내리누르던 광대한 러시아가 3차원 입체지도에서는 오히려 중국이라는 거대한 인구와 가

유방은 항우와 반대로 미래를 장악해나갔다.

그는 물을 쌓아 세력을 키우는 데 귀재였다.

항우가 실수할 때마다 떨어져 나오는 세력과 인재를 끌어안았다.

유방은 결과적으로 자기뿐만 아니라 다른 사람들의 시간,

그들의 '1만 시간'도 모두 끌어안았다.

능성의 거대 댐 밑에 금방이라도 수몰되고 말 것만 같은 나지막하기 그지없는 저지대의 대평원으로 보이지 않는가?

동양 역사에서는 물론 세계사적으로도 가장 대조적인 두 영웅 항우와 유방은 인간관을 시작으로 궁극적으로 세계관, 시간관에서 결정적으로 대립하고 충돌했다.

항우는 초나라 마지막 군대 10만을 이끌고 진나라 60만 정복군을 막아내다가 장렬하게 전사한 장군 항연의 손자로 명문 귀족 출신이다. 9살 때 할아버지의 죽음과 함께 초나라의 멸망을 경험한 그는 "초나라가 망했어도 초나라 사람 셋이면 반드시 진나라를 멸할 것이다"라는 항연의 마지막 말을 가슴에 안은 채 성장했다. 이처럼 애국심에 불탔지만, 그는 계급적으로는 철저한 엘리트 지배계급의 의식에 사로잡혀 있었다. 망명시절 어렵고 궁핍한

삶 속에서도 결코 생계를 위해 장사 등 천한 일은 하지 않았다. 뼈속 깊이까지 귀족이었다. 조직론의 관점에서 항우는 단독 리더십-순혈주의 조직을 고수했다.

유방은 하층관리로 진나라 통일질서에 살짝 발을 걸치기는 했지만, 본질적으로 체제로부터 벗어나 있는 건달 유협(遊俠)의 무리를 핵심세력으로 삼고 있었다. 언제든 체제 밖으로 뛰쳐나갈 수 있는 기회주의자이자 현실주의자였다. 또 유방은 하층계급, 피지배계층의 이해관계를 잘 읽고 그들과 연대하는 전략을 철저히 고수했다. 당시 하층 촌락사회에서 가장 강력한 영향력을 행사하고 있는 부로 계층이 유방을 첫 지도자의 반열로 올려준 것은 우연이 아니다. 유방은 처음 유생 출신의 역생을 만났을 때 "진실로 사람들을 모으고 의병들을 합쳐서 무도한 진나라를 쳐 없애려고 하신다면 걸터앉은 자세로 나이 든 사람을 만나서는 안 됩니다"라는 말을 듣곤 곧바로 의관을 바로 하고 역생을 상석에 앉힌 뒤 사과했다(역생은 나중에 제나라를 유방의 편으로 끌어들이려 유세를 벌이다 삶아 죽이는 형벌을 당했다). 조직론의 관점에서 유방은 기술적 집단지도체제-혼혈주의 연합을 지향했다.

두 영웅이 가장 대립했던 부분은 바로 시간관이다. 그리고 바로 이것이 두 사람의 운명을 사실상 결정적으로 가르고 말았다. 우선 항우는 본질적으로 진의 통일을 완전히 무효로 만들고 과거로 돌아가고자 하는 정치적 복고주의로 일관했다. 반면에 유방은 천하통일이 함축하고 있는 질서와 평화를 수용하면서도 진의 가혹한 통치를 대폭 유연화하는 미래지향주의-절충주의의 길을 걸었다.

항우가 추구했던 (진나라를 제외한) '전국시대 체제로의 복귀'는 진의 통일 이후 퇴장한 전국시대 귀족 지배계층에게는 환영받을 수 있었다. 하지만 대다수 민중들은 평화도 보장받지 못하고 경제적 압제가 재현될 거라는 불안을 지울 수 없었다. 진나라의 멸망과정 그리고 그 뒤 이어진 유방과의 천하쟁패전쟁에서 항우가 보여준 무력주의-독단주의는 이런 불안을 더욱 고조시켰다.

이에 반해 유방이 추구했던 '유연한 통일제국'은 전국시대 말기의 처참한 대규모 살육전과 통일제국의 가혹한 압정에 찌든 민중들에게 새로운 기대로 다가갔다. 진나라 수도 함양에 항우보다 먼저 입성한 유방이 공포한 '약법삼장'은 이런 부드러운 통일국가의 단초를 잘 보여준다. 누군가는 이렇게 말했다. "성공이란 기본적으로 미래를 위해 오늘의 시간을 담보하는 것이다." 바로 이 미래의 방향성에서 유방이 결정적으로 앞섰다.

두 사람은 시간의 물과 같은 성질을 어떻게 인식했느냐에서 결정적으로 갈라졌다. 항우에게 가장 중요한 시간은 '지금'이었다. 또 때때로 그의 시간은 과거와 지나치게 깊이 복잡하게 뒤엉켜버리곤 했다. 이 점에서 본질적으로 항우에게 시간은 흐르는 것이었다. 아니, 그는 시간을 그처럼 흘려보내는 데 별로 주저하지 않았다. 그에게는 지금이 가장 중요하고 그 다음 과거가 의미를 지녔다. 미래는? 솔직히 그다지 신경조차 쓰지 않았다. 이 점을 가장 명확히 보여주는 것이 바로 포로의 대량학살이다.

항우는 숙부 항량의 전사 이후 초나라 부흥군(항가군이라고 불리기도 했다)의 실질적인 지도자가 돼 분전을 거듭해 진나라 20만 군대의 항복을 받아낸다. 포로들은 진나라의 죄수들과, 다른 나라에서 아방궁과 만리장성, 시황릉 축조에 강제 동원된 부역인부들이었다. 처음에 그는 이 포로들을 초나라 부흥군에 편입시킨다. 거기까지는 아주 그럴 듯하다. 두 물이 합쳐 하나의 강물을 이룬 격이 아닌가. 하지만 진나라에 점점 더 가까이 진격할수록 항우와 그 막료들은 점점 더 의심에 사로잡힌다. 포로들의 반란 가능성을 암시하는 단초들이 속속 발견되고 있었던 것이다. 결국 항우는 이 상황에서 전격적으로 진나라 포로 20만명을 생매장해서 죽이는 대학살을 벌인다. 기본적으로는 진나라 포로들의 반란 위험성이라는 눈앞의 현실에 집착한 결정이었다. 과거 할아버지 항연 등 초나라 군대의 죽음과 망국의 한을 푼다는 복수로 포장했지만, 과거가 밥 먹여주는가?

괴테는 『파우스트』에서 "모름지기 인간은 노력하는 과정에서 헤매게 된다"고 했지만, 항우는 이미 도를 넘어서고 있었다. 게다가 지금 상황에서 과거로 되돌아간다는 것은 한 세력의 전진이라는 관점에서 볼 때 진격하던 방향을 갑자기 180도로 돌리는 것과 같다. 물의 관점에서 본다면, 두물머리에서 합쳐진 강물이 잠시 전진하다가 앞을 가로막는 작은 절벽을 만나자마자 돌파하기는 커녕 거꾸로 역류하면서 대범람을 일으켜버린 격이다. 물의 속성과 정면으로 배치되는 일이 벌어진 것이다.

물론 포로의 대량 학살은 나름대로 그렇게 될 법한 처절한 배경 역사를 안고 있다. 이는 항우가 처음 주도한 것이 아니다. 전국시대 말기 조나라가 진나라 포로 5만 명을 참수해 죽인 것이 첫 계기다. 진나라는 이 학살을 잊지 않고 조나라에 압승을 거둬 40만 명을 포로로 잡은 뒤 전부 보복 학살하는 일대만행을 저지른다. 하지만 이것은 모두 조나라와 진나라 사이의 일이다. 비록 장군 항연을 비롯해 초나라 10만 군대가 장군 왕전이 이끄는 진나라 60만 대군에게 몰살에 가까운 참패를 당하고 결국 망국의 비극으로 이어졌지만, 그건 전쟁 중의 일이다. 당시 진나라가 포로를 대량 학살했던 것도 아니다. 이 포로의 대량학살은 항우의 미래를 사실상 모두 앗아갔다. 먼저 진나라 백성들의 민심을 완전히 잃어버렸다. 누가 자기 나라 포로를 대량으로 생매장해 죽이는 정복군에게 복속하겠는가. 진나라에서는 '항우가 온다'라는 말이면 우는 아이도 울음을 그쳤다. 그 뒤 진나라를 중심으로 함곡관 서쪽의 관중지역은 온통 '약법삼장'의 주인공 유방의 절대적 지지기반으로 정착됐다.

유방은 항우와 반대로 미래를 장악해나갔다. 그는 물을 알았다. 물을 쌓아 세력을 키우는 데 귀재였다. 시간을 알고 천시를 알았다. 항우가 결정적으로 실수할 때마다 떨어져 나오는 세력과 인재를 끌어안았다. 유방은 결과적으로 자기뿐만 아니라 다른 사람들의 시간, 그들의 '1만 시간'도 모두 끌어안았다. 엄청난 잠재력이 모두 유방에게 몰리고 있었다.

맨 처음 항우 병력의 20분의 1도 되지 않던 유방 병력은 거대 댐의 물처럼 점점 차올라 어느덧 항우의 세력을 압도하게 됐다. 여기에 경포, 진평, 한신, 주은 등 원래 항우 진영에 있던 인재들까지 가세하자 유방의 세력은 일대 폭발을 일으킨다. 바로 이 귀순 인재들이 결정적인 기여를 했다고 해도 지나치지 않다. 한신은 해하에서 항우와의 마지막 천하쟁패의 승부를 결정지을 때 한나라 군대 30만 명의 지휘를 맡아 20겹 포위망 작전에 저 유명한 '사면초가'를 불러 초군을 무너뜨렸다. 항우의 10만 군대는 도망치고 죽어나가 마침내 26명만 남았다.

산을 들러 빼는 힘도
천하를 덮는 기백도
때가 이롭지 못해 아무 소용 없구나
추(오추마)여, 너도 나아가지 않는구나
추가 나아가지 않음을
우희여, 우희여, 너를 어쩐단 말이냐

항우는 결국 우희를 죽이고 자신도 자결한다. '때가 이롭지 못한 것'은 남의 탓이 아니라 스스로의 잘못이었다. 시간관의 싸움에서 그는 유방에게 졌다. 미래를 잃으면 모든 것을 잃는 것이다.

킹메이커에서 모두의 참모로

이철희_정치평론가

리더를 리드(lead)하는 참모를 꿈꿨다. 『삼국지』를 읽을 때면 누구보다 제갈량이 좋았다. 그와 같이 승리를 만들어내는 멋진 인물이 되고 싶었다. 삼고초려(三顧草廬)와 국궁진췌(鞠躬盡瘁)로 요약되는 제갈공명의 삶은 언제나 닮고픈 롤모델이었다. 그런데 어느 순간 승리의 기획자로 알고 있던 공명이 결국 패자라는 사실이 떠올랐고, 때문에 그에게 심리적 거리를 두기 시작했다. "천하삼분지계도 좋지만, 호풍환우의 기책(奇策)도 좋지만 어쨌든 이기지 못했잖아." 현실에서 이기고 싶은 갈망이 커질수록 공명에 대한 연정이 식어갔다.

공명에 실망한 만큼 『초한지』의 장량이 좋아졌다. 병약한 몸에 여인의 얼굴을 한 장자방, 단언컨대 그는 최고였다. 무엇보다 동네 날건달에 불과했던 유방을 천하의 황제로 만들어냈고, 숱한 전투에서 패배했으나 마침내 전쟁을 승리로 이끌었다. 절대적 열세를 딛고 만들어낸, 항우로 하여금 왜 졌는지조차 깨닫지 못하게 하는 기막힌 승리는 그야말로 긴장과 반전의 극적인 드라마였다. 게다가 한 왕조 창업 후에는 홀연히 떠나버리는 탈속의 허허로움까지, 이 얼마나 아름다운 모습인가. 어떤 역사가에게는 이런 모습이 무책임으로 비쳐졌겠지만 나는 그저 그 담대함이 부러울 뿐이었다.

공명처럼 패배하기보다 자방처럼 승리하고 싶었다. 그래서 어떤 자리에 앉기보다 어떤 역할을 할 것인지에 더 관심을 가졌다. 비유하자면, 캐리어빌딩(career building)보다 롤플레잉(role playing)에 몰입했다. 프랭클린 루즈벨트를 만든 루이 하우처럼, 아버지 부시를 대통령에 당선시킨 리 애트워터처럼, 빌 클린턴을 지옥에서 탈출시켜준 딕 모리스처럼, 아들 부시를 8년 동안 집권하게 해준 칼 로브처럼, 흑인 청년 오바마를 대통령으로 당선시킨 데이빗 엑설로드처럼 최고의 참모로서 승리를 일궈내는 순간을 오랫동안 열망했다. 국회와 당 그리고 청와대에서 배우고 익힌 경험을 씨줄로 삼고, 통찰과 이론을 담은 정치학 서적과 실전의 노하우가 담긴 선거관련 책들을 열심히 읽은 독서를 날줄로 삼아 승리의 전략을 만들고자 했다.

챔피언 타이틀에 도전하는 복서처럼 준비했다. 2012년 총선과 대선, 나로서는 부지런히 준비한 전략을 마침내 실행할 수 있는 기회였다. 적정한 타이밍, 40대 후반의 나이도 최고 전략가(chief strategist)로서 활동하기에 적정하다고 판단했다. 미국도 그렇듯 전략가는 한 번 내지 두 번의 대선에서 꽃을 피운다. 밥 슈람이라는 인물처럼 6번의 대선에 참여하는 것도 싫었고, 참여했으되 패배하기도 싫었다. 2012년 선거가 내게는 정말 적시의 기회였다. 정권교체가 가능하다고 생각했고, 그럴 전략이 내겐 있다고 자부했다. 그러나 내게 그런 기회는 주어지지 않았다. 그해 4월의 총선 그리고 12월의 대선에서 내게 전략가 역할은 허락되지 않았다. 그렇게 준비하고, 그렇게 고대했건만….

나는 이별을 선택했다. 스스로 정치판을 떠났다. 화가 많이 난 상태라 일말의 미련이나 약간의 주저도 없었다. 절이 싫으면 중이 떠나는 것 아니던가. 새로운 계획도 없이 훌쩍 떠난 터라 한가로이 자적의 세월을 보냈다. 마치 정도전이 귀양 가서 백성들과 어울려 술 마시고 산천을 주유했듯이 마음 가는 대로 생각하고, 보고 싶은 사람을 만나면서 지냈다. 그러던 차에 누군가 방송활동을

"사람이라고 글자를 치면/ 자꾸 삶이라는 오타가 되는 것/
나는 그것을 삶의 뱃속이라고 생각한다"
그런 삶, 그 삶을 살아가는 사람들의 정감이 살아있는 방송을 하고 싶다.
나는 지금 누군가의 참모가 아니라 모든 이의 참모다.

제안했다. 정치평론가, 평소 우습게 여기던 직업이다. 영화나 미술 평론은 작품에 영향을 미치지 않는 사후적 평가지만 정치평론은 지금 이 순간에도 펼쳐지고 있는 정치에 대한 언급이니 얼마나 객관적일 수 있을지에 대해 의문이 들었기 때문이다.

그렇지만 딱히 다르게 할 일도 없어 소일 삼아 정치평론가로서 방송활동을 시작했다. 당장 계획한 일도 없었고, 어쩌면 재미있을 수도 있겠다는 생각도 들었다. 가벼운 마음으로 시작한 방송활동이 바빠지기 시작했다. 마침 정치나 선거에 대한 토크성 뉴스 프로그램에서 블루오션을 발견한 종편들이 많은 수요를 창출했고, 대선이 다가올수록 그 수요는 급속도로 커져갔다. 마치 연예인처럼 바쁜 스케줄을 소화해야 했다. 그 와중에 진영을 대변하지 않겠다고 한 초심은 퇴색했고, 나와 다르다고 해서 틀린 건 아니라는 소신은 흔들렸다. 선거일이 다가오고, 후보들 간에 격렬한 접전이 벌어지면서 이런 분위기가 방송에서의 토론이나 분석에도 적잖게 영향을 미쳤다. 검투사로 변해가는 나 자신의 모습을 보면서 스스로에 대한 실망도 깊어갔다. 나에 대한 실망은 12월 19일 패배의 절망으로 더욱 참담해졌다. 선거 패배보다 나를 제대로 추스르지 못한 게 더 쓰라렸다.

급할수록 돌아가자고 생각했다. 그리고 장량을 떠올렸다. 승리를 탐하기보다 역사를 만들고 싶었으리라. 제갈량을 떠올렸다. 패배를 두려워하기보다 자신의 소신을 쏟아붓고 싶었으리라. 무엇보다 루즈벨트 대통령을 만들어낸 하우의 절박했던 순간을 떠올렸다. 10년 가까이 열정을 투자해서 노심초사한 루즈벨트 대통령 만들기가 한 순간에 무너졌을 때다. 미국 민주당의 부통령 후보로 나설 정도로 전도유망한 루즈벨트가 1920년 어느 날 갑자기 소아마비로 쓰러졌다. 필생의 염원이 물거품으로 변한 순간, 하우는 어떤 생각을 했을까? 그의 속내를 촌탁(忖度)할 수야 없지만, 결국 루즈벨트의 곁을 떠나지 않을 걸 보면 그는 무모한 도전을 선택한 것으로 보인다. 그는 장애인 정치인을 대통령으로 만들겠다는 허무맹랑한 시도에 나섰다. 그가 그런 결정을 한 게 성공에 대한 맹목적 확신 때문이었을까? 그도 두렵고 캄캄했을 것이다. 다만 새로운 도전을 해야 새로운 시대가 열린다는 생각 때문에 그렇게 했을 것이라 가늠해본다.

어릴 적부터 품어온 꿈, 승리를 만들어내는 최고의 전략가로서 활동할 타이밍에 기회를 잡지 못했다. 그렇다면 이제 2라운드를 시작하면 그만이다. 2라운드는 1라운드와 달라야 한다. 이런 생각으로 다시 방송에 전념하기로 했다. 다행히 정치평론 시장은 축소되긴 했지만 그런대로 유지됐고, 새로운 평론가가 쏟아졌지만 그럭저럭 호평을 받을 수 있었다. 그 즈음 JTBC에서 새로운 프로그램을 하자는 제안을 해왔다. PD와 작가를 만났더니 개그맨 김구라의 추천이란다. 토론 프로에 나와서 얘기하는 걸 봤는데 다른 사람의 얘기를 잘 들어주고, 합리적이라는 게 추천의 이유였다. 고마운 마음이 들어 수락하려는데, 웬걸 또 다른 출연자가 강용석 전 의원이라는 말에 벌컥 화를 냈다. "그 친구가 사실 과잉처벌 받은 건 있지만 '사고' 친 후에 보여준 모습이 너무 수준 미달이다. 그런 사람과는 말도 섞기 싫다." 그렇게 대화가 엇나갔지만 결국 같이 방송을 하기로 했다. 알고 보면 괜찮은 사람이라는 제작진의 뻔한 논리에 넘어간 건 제작팀의 열정, 정치평론에서 받은 홀대에 비하면 매우 후한 출연료가 주는 자존심 충족 때문이었다.

정치예능으로 알려진 〈썰전〉 출연 후 세상이 달라졌다. 길거리나 지하철에서 알아보는 분들이 많아진 것도 달라진 것이지만 정치가 어떻게 세상 속으로 들어가야 하는지 깨닫게 된 내 생각의 변화가 더 컸다. 정치가 대중과 직접 소통하지 못하고, 미디어를 통해 필터링(filtering) 돼서 전달되기 때문에 정치의 친미디어(pro-media)화는 어느 정도 불가피한 현상이다. 그런 점에서 정치를 비롯한 시사를 쉽고 편한 언어로, 약간의 예능적 장치와 흥미로운 캐릭터 조합으로 풀어내는 시도는 신선한 충격이었다. 현실의 정치방식이 아니라 미디어방식으로 정치를 대하는 것도 중요하다는 생각을 하게 됐다.

최고의 전략가로서, 정치를 통해 힘없고 빽 없고 돈 없는 보통 사람들의 삶을 바꿔보겠다는 생각은 여전히 나의 꿈이다. 포기할 수 없는 꿈이다. 내가 참여하거나 주도할 수 있는 짧은 기간의 정치활동을 통해 비록 세상을 1밀리미터 정도 밖에 전진시킬 수 없을지라도, 정치활동의 7할이 비록 창조가 아닌 관리일지라도 '정치를 통한 세상 바꾸기'가 내 필생의 꿈이기 때문이다. 그러나 그렇다고 해서 방송에서 얻은 인기나 인지도를 활용해 어떤 자리를 탐할 생각은 없다. 내가 원하는 건 자리가 아니라 역할이기 때문이다. 어떤 자리가 아무리 멋있어도 내게 맞지 않으면 사양하는 게 옳다. 어떤 역할을 위해 필요한 자리라면 그건 마다할 이유가 없다. 어쨌든 나는 자리 욕심보다는 역할에 대한 열망이 더 소중하다.

〈썰전〉에 이어 이제는 매일 저녁 〈생방송, 퇴근길 이철희입니다〉를 TBS(교통방송)에서 진행하고 있다. 뜻대로 안 돼서 시작한 방송이지만 이것만큼은 내 뜻대로 '하늘이 두 쪽이 나도' 공정한 방송을 하기로 한 공개 약속을 꼭 지킬 것이다. 누군가를 편들기 위해서가 아니라 보통사람들의 삶에 기여하는 방송, 이게 방송을 대하는 나의 모토다. 다만, 기계적 균형이 아니라 까칠하게 형평을 추구할 것이다.

이병률 시인의 시 '면면'에 이런 대목이 있다.

사람이라고 글자를 치면/ 자꾸 삶이라는 오타가 되는 것/ 나는 그것을 삶의 뱃속이라고 생각한다

그런 삶, 그 삶을 살아가는 사람들의 정감이 살아있는 방송을 하고 싶다. 정도전이 백성들의 삶 속으로 들어가 새로운 희망을 품었듯이 나는 방송을 통해 세상과 소통하고 미래를 기획하리라. 나는 지금 누군가의 참모가 아니라 모든 이의 참모다.

벗들과 함께 우울증과 분투하다

함규진_인문학자

❦

2008년 봄, 내 나이 마흔이 되었을 때 우울증에 걸렸다. 세상은 잿빛이 되었다. 단지 비유만은 아니었다. 하루가 다르게 초록빛이 늘고 공기는 따사로워지는데, 나는 그런 봄의 가락이 겨울의 삭풍보다 더 견디기 힘들었다. 봉오리가 피어나는 진달래의 연분홍빛은 차라리 칙칙했으면 했다. 공원 다리의 난간에 기대 굽어본 호수의 금빛 잔물결은 끝없이 갈라지고 터지는 수천만 개의 상처들처럼 보였다. 우울증의 대표적인 증세 하나가 잠을 통 이룰 수 없는 것이라던데, 나는 자도 자도 또 자고 싶었다. 몸과 마음에서 기가 빠져나가서, 마치 열감기를 심하게 앓을 때처럼 일어나 앉아 있을 힘이 없었다.

왜 우울증에 걸렸는지는 아직도 모르겠다. '계기'가 될 만한 일이 없지는 않았으나, 예전 같았다면 금방 극복했을 법한 일들이었다. 마흔이라는 나이, 이십대 시절에는 '까마득한 미래'이자 '살 만큼 산 나이'라고 믿었던 나이에 드디어 이르러서도 딱히 자존감을 갖기 어려운 스스로의 위치. 그런 사실로도 설명이 되기는 한다. 그래도 서른 살—그것도 한때는 엄청나게 많은 나이였다. 그리고 당시 내 위치는 마흔 살 무렵보다도 훨씬 보잘것없었다—에는 딱히 아프지도 가렵지도 않던 내 영혼이 왜 마흔에 몸살을 앓는지를 충분히 풀이하지는 못한다.

내가 아는 사람은 회사에서 엘리트로 인정받고 미국 명문대 MBA를 준비하던 도중에 별안간 우울증에 걸렸다. 책에서 만난 어떤 사람은 작가로 대성하여 전국적인 명사로 떠올랐을 때 우울증에 습격당했다. 열패감이나 실락감이 반드시 우울증을 가져오지는 않는다는 말이다.

사람들마다 우울증의 원인과 증상이 다르기 때문에, 나의 경험이 별로 참고가 안 될지도 모른다. 하지만 혹시라도 여러 '환자'들과 '환자 가족'들에게 도움이 될지도 모를 일이니, 내가 겪은 증세의 대표적인 양상과 내가 대처했던 방식을 기록해보려고 한다.

무기력. 우울증에 걸리면 가장 일반적으로 나타나는 증상이 무기력이다. 누구나 반복되는 일상에 권태를 느낀다. 그러나 책임감('내가 안 하면 누가 대신 해주지?')과 두려움('지금 이 일을 하지 않으면 더 힘들어지겠지!')으로 스스로를 채찍질해 날마다의 일을 하고, 약간의 오락으로 스트레스를 따돌리며 그날그날 살아간다. 그런데 우울증에 따른 무기력증에 사로잡히면 그런 권태를 이겨낼 마음의 힘이 좀처럼 솟아나지 않는다. 그런 상황은 누가 봐도 답답하고 한심한데, 우울증에 걸린 사람 스스로 보기에도 마찬가지다. 그러면 그것이 다시 자신감을 줄이고, 마음의 힘이 더욱 빠져나가는 악순환을 이룬다.

이때 '충격요법'으로 무기력에서 벗어나도록 하는 방법은 별로 권할 만하지 않다. 그런 충격을 견디고 반작용으로 힘을 내기에는 마음이 너무 약해져 있기 때문이다. 내가 한참 마음을 앓고 있을 때, 특별히 존경하고 친근히 여겼던 교수님과 마주앉은 적이 있다. 그분은 아마도 우울증인 것 같다는 나의 말에 벌컥 화를 내셨다. 그분과 알고 지낸 이래 그처럼 화를 내시는 일은 처음이었다. "돌볼 가정이 있는 사람이 무슨 우울증? 마누라와 자식을 돌보지 않을 거면 결혼은 왜 했나? 자네의 게으름과 무책임에 핑계를 대지 말게!"

사실 경험해보지 않은 사람이면 '사지 멀쩡한 사람이 왜 저러고 있지' 하며 우울증 환자의 무기력을 이해하지 못하기 쉽다. 그리고 그 교수님은 내가 '정신을 차리라고' 일부러 모질게 말씀하신 것이리라 생각한다.

그러나 이미 기진맥진한 사람에게 가하는 채찍질은 '확인사살'에 지나지 않을 때가 많다. 스스로 가하는 채찍질도 마찬가지다. 이대로는 안 된다고, 마음을 독하게 먹고 일어서겠다고 몇 번이고 다짐했던가. 그러나 아무리 미친 듯이 액셀을 밟아봐도, 마음의 연료 잔량은 0을 가리키기에, 결국 무기력의 늪에서 한 치도 벗어나지 못한다.

반사회화. 당시 우울증에 시달리면서도 한 강좌를 맡아 강의를 했는데, 1년쯤 뒤, 그 강의를 수강하고 또 다른 과목의 내 강의를 듣던 학생이 이렇게 말했었다. "이제 보니 선생님도 웃으시네요. 저는 선생님은 웃을 줄 모르는 분인 줄 알았어요." 금방이라도 무너져내릴 것 같은 가슴을 부여잡고 강의를 하다 보니 나도 모르게 늘 굳은 표정일 수밖에 없었고, 그게 냉정한 성격의 소유자인 것처럼 비쳤던 것이다.

당시 찍은 사진 속에 남은 내 표정은 지금 내가 보기에도 섬뜩하다. 무표정과 슬픈 표정의 조합이랄까. 일가친척의 나들이 자리에서도 모두들 즐겁게 웃고 있는데, 나만은 마치 심령사진의 유령 같은 표정으로 멀거니 서있다. 당시에는 내가 특별히 인상을 쓰고 있다고 자각하지 못했지만, 알고 보면 늘 그런 표정이었던가 보다. 하루 종일 죽을 상인 사람이 어찌 부담스럽지 않겠는가. 처음에는 걱정과 위로가 앞서지만, 시간이 지날수록 친구들은 슬슬 멀어지고, 가족들도 지치게 된다.

그냥 인상만 쓰고 있는 것도 아니다. 무기력한 중에도 가끔은 격정이 솟구치고, 그런 격정을 통제할 힘이 없다 보니 주변 사람은 변덕과 뻘짓을 그대로 받아주어야 한다. 내 경우에는 갑자기 어느 레스토랑의 스테이크가 미칠 듯이 먹고 싶어져 아내를 닦달해서 멀리 차를 타고 갔다가, 막상 한 점을 잘라 입에 넣는 순간 지독한 환멸에 사로잡혀 그대로 포크를 내던지고 돌아가자고, 당장 집으로 가자고 난리를 부린 적이 있었다. 그런 일이 언제까지고 반복된다면 아무리 애정이 깊은 가족이라도 얼마나 참을 수 있겠는가. 암이든지 교통사고든지 해서 병원에 튜브 잔뜩 달고 누워 있다면 그러려니 하겠지만, 이건 겉보기에는 멀쩡해 보이는데 '환자짓'은 제대로 하니까 마음이 건강한 사람에게는 못 참을 인간이 되고 만다. 그렇게 우울증 환자는 갈수록 스스로를 고립시키는 길로 가기 쉽다.

죽음과 가까워짐. 이건 뜻을 조금 정확히 해야 하는데, '죽고 싶어짐'이 아니라 '죽음과 가까워짐'이다. 우울증 환자는 죽음의 천사를 마치 노상 달라붙는 애완 고양이처럼 가까이에서 느낀다. 그렇다고 죽고 싶다는 충동이 강렬하지는 않다. 적어도 나는 그랬다. 낮에 집 베란다에서 아래를 내려다보면 땅바닥이 강력한 자력으로 나를 끌어당기는 것 같고, 밤에는 어두운 천정에서 수천 개의 시커먼 칼이 솟아나 나를 찔러대는 것 같았지만, 죽고 싶어 몸부림친 기억은 없다. 한 번은 자살을 염두에 두고 높은 산봉우리까지 올라갔지만, 꼭대기의 바위에 누워서 시리도록 푸른 하늘만 몇 시간 동안 바라보다 내려오기도 했다.

죽음은 뭔가 특별히 마음먹고 선택할 것이라기에는 매우 흔하고 당연한 것, 동경의 대상도 공포의 대상도 아닌 것이었다. 키에르케고르는 절망을 죽음에 이르는 병이라고 했다. 우울증에 걸린 사람은 늘 옅은 절망 속에 허우적거리게 마련이지만, 그것이 강렬한 격정을 동반하지는 않기 때문에(격정도 마음의 연료가 있어야 타오르는 법이니까. 그래서 나도 뜬금없이 스테이크에 꽂혔다가 금방 그 욕망의 불꽃이 꺼졌던 것이다), 스스로를 파괴할 결심에까지 이르기는 힘든 것이다. 하이데거가 말한 불안(unheimlichkeit). 자신이 있는 곳이 전혀 낯선 어딘가인 듯 여겨지는 감정 상태. 우울증환자는 자신의 삶을 불안하게 느끼고, 죽음을 편안하게 느끼게 된다.

그러면 어떻게 우울증에서 벗어날 것인가. 솔직히 나는 해답을 모른다. 어떻게 그 지독한 영혼의 몸살이 진정되었는지 알 수 없고, 사실 그것에서 완전히 벗어난 것 같지도 않다. 내가 말할 수 있는 것은 그 시절에 완전히 파멸하지 않고 버티며 했던 일들 뿐. 그러나 반드시 그런 일들을 했기에 내가 파멸하지 않았던 것일까? 그것도 별 자신이 없다.

먼저, 일. 우울증은 대개 무기력증을 동반하므로 일을 평소처럼 하기 힘들며, 하더라도 능률이 매우 떨어질 수밖에 없다. 그런 스스로에게 실망하여 우울함이 더욱 깊어질 위험마저 있다. 하지만 아무 일도 하지 않으면 감정은 스스로의 무게에 짓눌리며, 거품 일듯 계속해서 떠오르는 부정적인 생각에 숨을 돌릴 수 없게 된다. 뭔가 움직이고, 일을 함으로써 잠시라도 스스로의 감정에서 주의를 돌린다면 그럭저럭 암담한 나날을 버텨나갈 수 있다(치유가 아니다. 버텨나가는 것이다).

당시 나는 안간힘을 쓰며 강의를 하는 한편, 우울증이 오기 전에 출판사와 계약한 책을 집필했다. 그런데 강의는 '나를 기다리

그래도 때때로 '징징거리기'가 필요할 때가 있다.

삶이 코푼 휴지쪼가리만큼의 가치도 없다고 느껴질 때가 있다.

아마 이 병에는 완벽한 치료는 없고 다만 버틸 뿐일 거라고 생각한다.

는 학생들의 시선'을 떠올리며 억지로 몸을 추스릴 수 있었지만, 자신과의 싸움인 집필은 좀처럼 진척이 되지 않았다. 그래서 계약 취소까지 생각해보았으나, 그래도 하루 몇 줄씩이라도 쓰자는 생각의 힘이 조금 더 컸다. 그래서 마감을 몇 번이나 어기며 출판사에 폐를 단단히 끼치면서도 끝내 한 권의 책을 써냈다. 그 일이 내게 별달리 자신감이나 회복할 힘을 심어주지는 않았다. 그러나 '버틸 수 있을지도 몰라'라는 어렴풋한 의식 정도는 무의식에 새겨지지 않았을까.

전문가의 도움. 그 일을 겪는 중에 친해지게 된, 심리학 전문가인 후배는 나를 볼 때마다 "전문가의 상담을 장기적으로 받으셔야 해요"라고 한다. 이제는 좀 나아진 것 같지만, 마치 수두균처럼 잠복해 있다가 심신이 약해지면 튀어나오는 게 우울증인 이상 확실히 뿌리를 뽑아버려야 한다는 것이다. 나는 그때마다 고개를 끄덕이지만 아직 집중적인 상담 치료를 받지는 않았다. 정신적인 병리 문제에 대해 우리나라 사람들 일반의 인식이 모자란 나머지(어떤 사람은, 우울증이라는 내 말에 심각한 얼굴로 "그러면 거품 물고 바닥에 뒹굴고 하기도 해요?"라고 물었다) 주위에서 오해받을까봐 두렵기 때문이기도 하고, 나 스스로가 '말'과 '정신'을 다루는 사람이므로 누군가에게 의존하지 않고 견딜 수 있다는 어쭙잖은 자존심 때문이기도 하다.

이렇게 말하지만 사실 두 번인가 상담가를 찾아간 적이 있다. 그런데 한 사람은 지나치게 소극적이어서(내가 말하는 내내 무표정하게 듣기만 하며 입 한 번 벙긋 안 했다. 말을 마치고 "어쩌면 좋죠?" 한 나의 물음에 "글쎄요. 어쩌면 좋을까요?" 하는 반문. 우리는 한동안 서로 어색하게 쳐다만 보았고, 나는 상담료를 치르고 나왔다), 다른 사람은 너무 위압적이어서(우울증은 게으른 자의 평계일 뿐이라던 그 교수님만큼이나, 멸시하는 것 같은 표정과 짜증스러운 말투로 나를 불편하게 했다) 상담 자체에 대해 회의적이 되게끔 '트라우마'를 만들어주고 말았다.

어찌어찌 하여 우울증 치료제는 손에 넣었는데, 세로토닌 분비를 활성화해준다는 이 약을 가지고 있는 것만으로도 한결 기분이 나아지는 사람이 많다더만 나는 꾸준히 먹는데도 별다른 변화가 느껴지지 않았다. 의사에게 물어보니 "원래 그 약은 두어 달 지나야 효과가 나는 것"이란다. 글쎄? 약을 대략 반년 정도 먹고 나서 상태가 차차 완화되었지만, 그 사이에 약 때문에 나아진다는 느낌은 딱히 없었다. 약을 먹지 않았다면 더 악화되었을지도 모르는 일이지만…. 아무튼 우울증도 병인만큼 전문가의 도움을 애써 외면하는 일도 어리석겠지만, 그것만으로 충분히 해결된다고도 말하기 어렵다.

사람. "웃어라, 온 세상이 너와 함께 웃을 것이다. 울어라, 너 혼자 쓸쓸히 울게 되리라."『성경』에 기원을 두고 있는 이 말이야말로 명언이다. 사람은 누구나 슬픔과 응어리를 안고 살지만, 우울한 사람은 피하고 밝아 보이는 사람 주변에 모이려 한다. 그래서 우울증 환자들은 더욱 고독해지기도 하고. 어쨌든 마음병의 명약은 사람이다. 사르트르의 말처럼 "타인은 절망인 동시에 희망"이랄까.

나는 우울증이 극도에 달했을 때는 사람을 만날 힘조차 없었으나, 조금 틈이 보이자 여기저기에서 될수록 많은 사람을 만나고 다녔다. 학회, 동기회, 동창회, 인터넷 카페…. 늘 만나던 사람은 물론이고 별로 보지 않던 사람, 새로 보는 사람까지. 그리고 함께 웃고 왁자하게 떠들며 잠시 우울함을 잊었다.

물론 근본적인 해결책은 아니었다. 어차피 사람의 만남이란 대부분 겉과 속이 다르고, 예의 바른 말씨와 해맑은 웃음 뒤에는 자긍심을 높이려 남을 깔보는 태도와 이해득실의 계산이 숨어 있기 마련이다. 그런 속이 어쩌다 드러날 때나, 나의 감정의 불안함이 노출될 때는 얼마 전까지만 해도 튼실해 보였던 인간관계도 추하게 끝나곤 했다. 그래도 나는 계속해서 사람들을 만났다. 치유는 되지 않아도 견딜 가능성은 얻을 수 있었기에!

그리고 '징징거리기'가 가능한, 참으로 귀한 사람들도 얻을 수가 있었다. 지금도 나는 어쩌다 증세가 '발작'할 때 전화나 술자리를 통해 '징징거릴' 수 있는 지인을 네 명 확보하고 있다. 그 가운데도 '급'이 있다. 나의 가장 내밀한 이야기까지 털어놓을 수 있는 사람 하나. 그에 근접하지만 아주 내밀한 이야기까지는 꺼내놓지 않는 사람 하나. 그리고 깊은 이야기는 곤란하지만 마음의 고통을 토로하는 일은 가능한 사람 둘. 어떤 때는 하루에 네 사람을 모두 '사용'해버리는 때도 있다. 하지만 이 '징징거릴 상대'들 덕분에 나는 저 끔찍한 늪으로 다시 빠져들지 않으며 그럭저럭 살아가고 있다. 나를 위해 감정노동을 서슴지 않는 이들이야말로 나의 삶의 보루, 생명의 은인들인 것이다.

가족이야말로 삶을 지탱해주는 보루가 아니냐고? 물론 그렇다. '정상적'인 경우에는. 하지만 마음에 금이 가고 물이 줄줄 샐 때는 내가 지켜야 할 가족의 무게가 나를 짓누르고 일어서지 못하게 한다. 그럴 때는 '나는 너와 이해관계가 없지만 언제나 너를 응원한다', '좀 감정 가라앉히고 네가 처한 상황을 객관적으로 봐라', '내가 해줄 일이 없어 안타깝지만 좀 세상 편하게 살았으면 좋겠다' 등등의 진심어린 조언을 해주는 사람이 더 확실한 힘이 된다. 그 사람도 스스로의 십자가를 지고 살아가는, 나와 똑같은 경험을 하지는 않았으나, 나의 사정을 나름대로 이해하고 고민할 수 있는 '동료'이기 때문이다.

2008년으로부터 5년. 이제는 그 끝없이 암담한, 음습한 동굴 밑바닥에서 기어나와 나름 열심히 살아가고 있다. 그래도 때때로 '징징거리기'가 필요할 때가 있다. 삶이 코 푼 휴지쪼가리만큼의 가치도 없다고 느껴질 때가 있다. 내가 고집을 부리거나 현명하지 못해서 이러는지는 몰라도, 아마 이 병에는 완벽한 치료는 없고 다만 버틸 뿐일 거라고 생각한다.

그것은 우리가 중년이 되었을 때, 더 이상 세상이 우리를 위해 차려진 잔칫상이 아니고 이제부터는 다른 사람의 잔치를 준비하며 살지 않으면 안 된다는 것, 스스로에게는 '열심히 노력하면 언젠가는'이라는 말을 감히 내뱉을 수 없게 되었다는 것을 깨달을 때부터 정해진 게 아닐까. 완벽한 치료가 불가능한, 죽음에 이르는 병에 걸린 채 그저 버틸 따름인 삶을 살아야 할 운명이라고 자각한 그때부터 말이다.

나는 버틸 것이다. 버텨야 할 의미는 모르겠지만, 어쨌든 버틸 것이다. 그리고 어쩌면 지금보다 훨씬 나이를 먹었을 때, 버틸 대로 버틴 의미를 깨닫게 될지도, 아니면 적어도 버티지 않고 놓아버리는 일이 익숙하고 행복함을 배우게 될지도 모른다는 생각을 안고 살아갈 것이다. 그것도 희망이라고 부를 수 있다면, 나의 삶은 완벽하게 절망적이지는 않다는 뜻이다.

세월이 쌓일수록 분명해지는 것

신주영_변호사

아빠가 쓰러지신 날부터 한 달 하고 20일이 지났다. 50일이 지나는 동안 아빠는 다른 사람이 되어 있다. 아빠가 살아계신다는 것만으로도 감사한 일이다.

아빠가 쓰러지시고 병원에서 심장 스텐트 시술을 받고난 뒤 며칠 동안 안 깨어나셨을 때, 신경외과 담당의는 왼쪽 뇌가 부풀어 올랐고 뇌사가 진행 중이라며 내일이라도 돌아가실 수 있고 2주 이상 못 버티실 거라고 말했었다. 그런데 지금 아빠는 깨어나셨고 살아계신다.

아빠가 전문의의 '예언'을 비웃으며 되살아나신 원인이 무엇인지 의학적이거나 객관적인 답은 없다. 가족들의 간절한 기도 때문이었을까. 아빠가 혼수상태에 계셨던 그 며칠 동안 아빠는 아기처럼 침대에 누워서 아무것도 하지 않으셨지만 눈에 보이지 않는 어떤 기운들이 죽음의 문으로 향해 걸어가는 아빠를 반대방향으로 돌려세웠다.

며칠 전까지만 해도 아빠는 인공호흡기에 의존해 호흡하셔야 했으며 의식은 5단계 중 4단계라고 했었다. 그때 아빠와 소통할 수 있는 사람은 이 세상에 아무도 없었다. 나는 말로만 듣던 생명 연장용 의료기기들 앞에서 "아빠의 영혼이 지금 어디에 계시는지" 마음속으로 묻고 또 물었다. 그런데 지금은 내 손도 꼭 잡을 수 있고, 아빠, 하고 부르면 눈을 뜨고 나를 똑바로 보실 수 있다. "내일 또 올게요" 하면 고개를 끄덕끄덕 하시기도 한다. 적어도 아빠의 영혼이 아빠의 육신과 함께 하고 있는 것은 분명하다.

아빠의 남은 생의 의미는 무엇일까. 아빠는 이제 더 이상 예전의 아빠가 아니다. 아빠의 의식수준이 얼마나 회복될지는 미지수라고 한다. 몸을 가누는 것도 그렇다. 지금 아빠가 스스로 할 수 있는 것이라고는 잠시나마 눈을 뜨고 있는 것, 왼손 주먹을 쥐는 것, 숨 쉬는 것 정도다.

마치 갓난아기들이 처음 뒤집기를 완성하기 위해 며칠간 끙끙대다가 성공했을 때 가족들이 박수치는 것처럼, 엄마의 '손을 꼭 쥐어보세요'라는 말에 호응하여 아빠가 왼손 주먹을 꼭 쥐었을 때

온 식구가 전화로 그 소식을 서로 전하며 환호성을 울렸다.

그런데 갓난아기들은 언제 걸을까 싶지만 곧 걷게 되고 언제 뛸까 싶을 때 곧 뛰게 되며 그것을 희망하는 것이 매우 당연하지만, 아빠에게 걷고 뛰게 되길 희망하는 것이 허용되는지 의문이다. 희망이 허용되는지라니. 나도 모르게 기도할 때는 가능한 것만 기도하려 든다.

아침 10시 반에 사무실에 오겠다던 의뢰인이 갑자기 못 오게 되었다고 연락이 왔다. 못 온다는 연락을 받았을 때 갑자기 생긴 빈 시간이 너무 고마웠다. 문득 아빠한테 가야겠다는 생각이 들었다. 점심시간 끝나기 전에 다녀오려고 바로 뛰어나갔다.

분당 서울대병원 86병동 3호.

창가 쪽 아빠 침상으로 들어가니 간병인 아주머니가 쪽침대에 누워 계시다가 부스스 일어나 맞아주셨다. 며칠 사이에 부쩍 피로해진 기색이 역력했다.

"아빠, 주영이 왔어요." 나는 명랑한 어조로 아빠한테 인사했다. 아빠는 잠자는 사람처럼 꼼짝없이 누워 계시다가 내 목소리를 듣자 약간 움찔하셨다.

"방금까지 깨어 계셨는데… 어르신, 눈 떠보세요. 따님 오셨어요." 아줌마는 아빠를 향해 크게 소리쳤다. 아빠는 눈을 뜨고 싶어 했지만 힘이 없으신지 미간을 약간 찌푸리시며 눈을 모으다가 반쯤 뜨다 하다가 다시 감으셨다.

나는 애써 눈 뜨려고 하시는 아버지에게 얼굴을 가까이 대고 작은 소리로 물었다.

"아빠. 주영이 왔어요. 들리세요?"

아빠는 눈을 감으신 채 고개를 미세하게 끄덕이셨다.

"아빠. 들리시는군요. 이준이가 많이 컸어요. 얼른 힘내셔서 이준이 보러 오세요, 네?"

아빠는 다시 미세하게 고개를 끄덕이셨다. 확실히 말을 알아들으시는 것 같다.

"아빠, 여기 이준이랑 이연이 데리고 올까요?"

이때 아빠는 고개를 끄덕이지 않고 가만히 계셨다. 나는 다시 한 번 물었다.

"아빠, 이준이, 이연이 보고 싶으시죠. 여기 데리고 올까요?"

나는 순간 착각을 한 게 아닐까 싶었지만, 분명히 아빠는 그러지 말라는 뜻으로 고개를 좌우로 흔드셨다. 아빠가 정말 의식이 있으신 것이다. 아기들을 병원에 데려오는 걸 원치 않으시나 보다. 간병인도 보고 놀라는 눈치였다.

"어머나, 아기들 데려오지 말라고 하시네… 너무 어리니까…
보이고 싶지 않으시겠지."

"아빠, 그럼 아빠가 얼른 나아서 우리 집으로 애들 보러 오셔
요. 네?"

아빠는 그제야 고개를 다시 가만히 끄덕이셨다. 보고 싶으실
텐데, 보이고 싶진 않으신 거다. 갑자기 눈시울이 뜨거워졌다.

나는 아직 감각이 살아있는 아빠의 왼손을 쥐고 "아빠, 손에
힘을 꼭 쥐어보세요" 했다.

아빠는 있는 힘껏 왼손을 꼭 쥐셨다. 예전 같진 않지만 그래도
힘이 제대로 들어간 따뜻한 큰 손이 느껴졌다.

"아빠, 이 손을 높이 들어보세요." 아빠는 손을 높이 드셨다.

"아빠, 입을 크게 벌려보세요." 아빠는 천진난만한 아기처럼
입도 크게 벌리셨다.

아 참, 엄마가 주치의 선생님을 꼭 만나보고 오라고 했는데, 주
치의가 말씀드리겠다고 한 게 있다고. 나는 병실 밖으로 나가 주
치의를 찾았다.

주치의는 볼살이 통통한 얼굴에 두툼한 뿔테 안경을 쓰고 여
드름 자국이 숭숭히 나 있어 아직도 학생처럼 보이는 사람이었다.

"저… 아버님 상태에 대해 어디까지 알고 계시죠?"

전혀 공부밖에 몰랐을 것 같은 인상답게 주치의는 거두절미하고 본론부터 꺼냈다. 나는 어디서 어디까지를 말해야 하는지 잠시 망설이다 스케치하듯 최대한 단순하게 말하기로 했다.

"지금 오른쪽 뇌가 일부 괴사했다는 것, 왼쪽 팔만 반응하고 움직이실 수 있다는 것, 대장암이 있으시다는 것 그리고 출혈이 다시 시작되고 있다는 것 정도요."

내가 다소 무미건조하게 말해서였는지 주치의는 안심하는 표정이 되었다.

"네, 그리고… 따라오시죠. 영상을 보면서 말씀드릴게요."

주치의는 컴퓨터가 있는 자리로 가서 앉더니, 화면에 내장기관을 투시하는 영상을 띄워놓았다.

"여기, 보이시죠. 지금 7~8 센티미터 정도 돼요. 이 부분이 간입니다. 암이 전이된 거죠. 원래 아버님께 대장암이 있으셨던 건 다들 알고 계셨다면서요?"

아빠가 대장암이고 수술을 받아야 한다는 말을 들은 건 작년이었다. 아빠는 수술을 받기보다는 공기 좋은 곳에서 섭생을 잘하겠다고 하시며 엄마와 시골 장흥에서 생활하는 것을 택하셨다.

"암이 간으로 전이되었다는 건 4기라는 뜻입니다."

주치의는 이렇게 말하고 나를 쳐다보았다. 내가 아무런 반응을 보이지 않자 주치의는 고개를 다시 화면으로 돌리더니 여기저기 마우스를 클릭하면서 무미건조한 어조로 말을 계속했다.

"저희 병원은 3차병원입니다. 아시는지 모르겠지만 3차병원은 급성환자들만 받는 곳이에요. 지금 아버님은 급성기는 지났고, 더 이상 저희들이 해드릴 건 없어요. 대장 쪽에서 출혈이 계속되고 있지만 수술하기에는 기초체력이 지금 너무 약하세요. 수술하시는 걸 권할 수 있는 상황이 아니라는 뜻입니다. 그러니까…어머니한테서 말씀 안 들으셨어요?"

아빠가 서울대병원에 오신 지도 한 달이 다 되어 가고 있었다. 서울의 3차병원, 그러니까 메이저급이라 불리는 시설 좋고 우수한 의료진이 배치되어 있는 병원들은 수술을 하지 않고서는 장기간 입원할 수 없는 구조라는 걸 이번에 처음 알았다. 그래서 며칠 전부터 전원을 종용받고 있다는 것도 엄마한테서 듣고 있었다.

"자꾸만 요양전문병원을 알아보라고 하시는데 그게 무슨 말이겠니. 더 이상 치료를 포기하라는 뜻 아니냐. 말이 전문병원이지 요양원이나 다름없는 그곳에 어떻게 아빠를 모시겠니. 어떻게 해서라도 좀 더 이곳에서 오래 있을 수 있도록 버텨야지. 내 알아보니 재활의학과로 전과하면 또 몇 주라도 버틸 수 있는 것 같더

라. 너도 가면 의사 선생님들한테 한 번 부탁해봐라."

요양병원에 대해서도 언제부턴가 조금씩 정보가 나한테 쌓이고 있었다. 노인이 병이 나서 병원에 가고, 병원에서 회복되지 않으면 대체로 어떤 길로 가게 되는지 이젠 알게 되었다. 몇 군데 둘러본 요양병원은 그야말로 끝이 보이는 노인들과 노인의 머릿수만 세고 앉아있는 듯한 사람들이 함께 사는, 버려진 건 아닌데 버려진 기분을 떨칠 수 없게 하는 그런 느낌을 주었다. 요양병원에서 상담을 할 때마다 피할 수 없는, 외면할 수 없는 꼬리표가 자꾸 따라붙는 느낌이었다. 불쾌하게도 '터미널 환자'라니. 반드시 돌려세우리라, 다시.

"어차피, 아빠는 대장암에 대해서는 수술하고 싶어 하지 않으셨어요. 지금 대장암 수술한다고 해서 또 수술 안한다고 해서 달라질 건 없으니까…. 그냥 재활치료만이라도 받을 수 있도록 재활의학과로 전과할 수 있게 해주세요."

주치의는 갑자기 답답하다는 듯 목소리가 커졌다.

"어머님도 그렇게 말씀하시던데… 재활의학과 쪽에서는 이미 전과불가 통보를 받은 상태예요. 아버님은 이미 내과적으로 안 좋으시기 때문에 재활치료가 의미가 없다고… 재활의학과에서 이미 검토가 끝난 상태라고요."

재활치료가 의미가 없다니, 누구한테 의미가 없다는 건가. 재활치료가 의미가 있고 없고는 누가 정하는 건가. 갑자기 뭔가가 속에서 치밀어 올랐다.

주치의는 다시 몸을 돌려 영상 사진을 가리키며 말했다.

"여기 좀 보세요. 원래 간에 농양이 생긴 줄 알았어요. 고름이 생긴 걸로 알고 내과에서 뽑아내려고 했던 겁니다. 그런데 주사바늘이 들어가지 않았어요. MRI촬영 결과를 봐야 알겠지만 크기도 매우 크고 암이 전이된 걸로 판단이 된 거죠. 이 정도면 기대여명이 아무리 길어야 6개월…."

주치의는 계속해서 영상사진 판독결과를 내게 무신경하게 읊어대고 있었다.

의사들은 한 사람의 삶의 궤적을 몸속을 찍은 단면에서 읽어내고 있는 것 같다. 나이 40이 되면 자기 얼굴에 책임을 져야 한다. 그동안 살아온 궤적이 얼굴에 나타나 있으니까. 보통사람들이 40 넘은 사람의 얼굴을 보고 인상이 좋다, 험상궂다, 선비 같다, 장사꾼 같다 등등 나름대로의 경험을 동원해서 그 사람의 과거와 현재를 읽어내려고 하는 것처럼 의사들은 몸속 사진을 보고 환자의 현재를 판독해내는 거다.

그때였다. 주치의와 나 사이의 무거운 공기를 가르며 갑자기 누군가 나를 불렀다.

"아. 신진호 님 따님 오셨군요."

윤해욱(가명) 선생님…. 차분하면서도 가벼운, 마치 청명한 가을 하늘을 보는 듯한 느낌을 주는 의사였다. 처음 그를 만난 것은 한 달 전쯤이었나, 아빠가 서울대 병원에 막 입원하시면서 뇌졸중 집중치료실에 계실 때였다.

그날은 출근 전 시간을 이용하기 위해 조금 이른 시간에 병원에 들렀었는데, 아빠는 주무시고 계셨다. 아빠 얼굴을 바라보면서 가만히 앉아있는데 커튼으로 가려진 건너편 병상에서 부드럽지만 낭랑한 목소리가 들렸다.

"혈당을 계속 조절하기 위해서는 금기식품이 아주 많습니다. 스스로 일일이 조심하시기에는 힘드실 거예요. 예컨대 포도, 딸기, 감, 대추… 이런 것들을 다 써붙여 두고 피하셔야 하는 거지요. 그게 힘들기 때문에 이 회사 제품으로 약을 바꾸시는 분이 많아요…."

누구지? 마치 면접관 앞에서 구술시험이라도 치는 학생처럼 또박또박 전문지식을 길게 찬찬히 설명해내고 있는 사람. 설마 의사 선생님? 아침에 바쁘게 회진 도는 의사들은 대부분 환자를 살펴본 뒤 간단한 지시만 하는 걸로 아는데, 회진 중인 의사라고 하기엔 지나치게 친절한 것 같았다. 잠시 뒤 커튼을 걷고 나온 그는 곧바로 내 쪽으로 걸어왔고, 인사를 건넸다.

"아. 신진호 님 보호자분이시군요. 안녕하세요."

커튼 뒤로 듣던 그 목소리로 내게 인사하는 그는 마치 태어나서부터 이 병원에 살고 있어서 세상의 때가 하나도 묻지 않은 듯한 얼굴을 갖고 있었다. 쌍꺼풀 없이 서글서글한 눈매에 살집 없이 동그란 얼굴이 소년 같은 느낌을 주었다. 하지만 그의 태도나 말투는 차분하면서도 흔들림이 없어서 흰 의사 가운이 어색하지 않은 분위기를 갖추고 있었다.

그는 나에게도 학생처럼 또박또박 아빠의 상태에 대해 자세히 설명을 해주었다.

"처음 여기로 옮겨오셨을 때 비해서 혈액수치도 좋아지셨고 혈변도 이제 멎으셨어요. 혈액수치가 안 좋았던 건 계속 대장암 부위에서 출혈이 있었기 때문이었는데 그게 잡힌 겁니다. 하지만 혈전이 생기지 않도록 약물 투여는 계속 할 수밖에 없어요."

아빠가 의식이 또렷해지고 표정이 다소 편해지신 건 육안으로도 알 수 있었다. 그런데 나는 아빠가 이젠 목소리를 내실 수 없다는 사실이 너무 갑갑했다.

"네… 감사합니다. 그런데 저… 기관 절개한 것 말이에요. 이젠 봉합해도 되지 않나요. 좀 회복이 되셨다면 저것부터 봉합해야 아버지께서 말씀을 하실 수 있을 텐데요."

"네, 가족들은 대부분 저 기관 절개한 걸 거북하게 느끼시지요. 하지만 환자분은 지금 가래를 스스로 뱉어낼 수 있는 상태가 아니시기 때문에 저 구멍을 막으면 더 불편해지세요."

그는 여전히 맑고 또랑한 목소리로 차분하게 설명해주었다. 그의 대답은 내가 원하는 바는 아니었지만 가족들을 이해하는 말을 앞세운 화법 때문인지 더 요구하지 못하게 하는 힘이 있었다.

"오히려 식사도 지금처럼 콧줄로 하시는 것보다는 복강에 구멍을 뚫어 하시는 게 더 편하실 수도 있어요."

"네?"

아빠는 이미 연하작용도 완전하지 않으셔서 음식섭취를 콧줄을 통해 하고 있었다. 내 눈엔 그것도 아빠가 회복하는 데 장애가 되는 걸로 보였다. 아빠는 평소에 먹는 즐거움을 누리시는 분이었다. 미각이 예민하셔서 신선한 재료를 사용해 단순하게 만든 다양한 요리를 선호하셨다. 엄마가 가끔 몬도가네라고 놀리실 정도로 못 드시는 음식이 없으셨고, 그게 건강의 비결이라고 믿었다. 어쩌면 그게 오히려 병의 원인이 되었는지도 모르지만 말이다.

하지만 냄새를 맡고 혀로 맛을 보며 배가 고플 때 많이 먹고 부

의사들은 한 사람의 삶의 궤적을 몸속을 찍은 단면에서
읽어내는 것 같다.
나이 40이 되면 자기 얼굴에 책임을 져야 한다.
그동안 살아온 궤적이 얼굴에 나타나 있으니까.
보통사람들이 40 넘은 사람의 얼굴을 보고 인상이 좋다, 험상궂다,
선비 같다, 장사꾼 같다 등등 나름대로의 경험을 동원해서
그 사람의 과거와 현재를 읽어내려고 하는 것처럼
의사들은 몸속 사진을 보고 환자의 현재를 판독해내는 거다.

를 때 그만 먹는 것이 자신을 지키고 생명을 유지할 수 있게 하는 메커니즘이라고 생각하면, 그 메커니즘 자체를 무시하고 콧줄로 들어가는 음식 섭취가 과연 아빠가 회복하는데 도움이 될까.

그런데 이 의사는 그에 더해 음식 섭취를 더 편하게 하기 위해 배 위에 바로 구멍을 뚫어 위장에 연결하자고 하는 것이다. 상상만 해도 아빠가 점점 식물처럼 변하는 모습에 소름이 돋았다. 나의 이런 마음을 읽었는지 그는 내 표정을 살피며 말했다.

"물론 보기에는 좀 그럴 수 있지만, 그편이 환자분에게 훨씬 나아요. 콧줄이나 배에 구멍 뚫는 거나 보기에 안 좋은 건 마찬가지지만 콧줄은 사실 환자에게 매우 거북하고 위생적이지도 않아

요. 계속 바꾸어야 하고 바꿀 때마다 괴롭죠."

그리고 또 그는 나를 믿게 만드는 화법으로 이렇게 말했다.

"제가 만약, 저의 아버지였다면 아마 이미 그렇게 해드렸을 겁니다."

나는 그때 그가 순수한 사람이고 진심으로 환자를 생각하고 한 말이라는 걸 알 수 있었지만, 도저히 그 말의 내용은 마음으로 받아들여지지 않았다. 그래서 그 말을 듣고도 복강경 삽입줄로 바꿀 생각은 전혀 들지 않았다. 그는 그렇게 나에게 깊은 인상을 남겼다.

주치의는 윤해욱 선생님이 우리에게 다가오자 얼른 자리에서 일어섰다.

"방금 영상판독 결과를 말씀드렸습니다. 그런데 재활의학과로 전과해달라고 하셔서…."

윤해욱 선생님은 나를 가운데 테이블로 안내하며 내게 의자를 권하고 자기도 앉았다.

"어디까지 말씀드렸어?" 그는 옆에 서있는 주치의를 올려다보며 물었다.

"아, 네, 거의 다 말씀드렸습니다. 재활의학과로 전과가 불가능하다는 것도…. 이미 외과에서도 수술을 안 하는 것으로 방향을 잡았다는 것도…."

"네, 저희도 안타까운데, 재활의학과에서도 어쩔 수 없나 봅니다. 옮기실 데는 알아보셨나요?"

"아뇨. 아직… 저희는 아직은 아버지를 요양병원에 모실 생각이 없어요."

"네… 가족분들 심정은 충분히 이해합니다. 우리나라 요양병원 시설이 좀 열악하긴 하죠. 하지만, 저희 입장도 좀 이해해주셨으면 해요. 아시다시피 저희는 3차병원이라 급성기 치료가 끝난 환자분을 더 이상 모시고 있을 수가 없어요. 원래 우리 병원 평균 재원기간이 일주일이에요. 그런데 아버님은 벌써 4주째 입원해 계시는 거거든요. 아버님 입장에서도 더 이상 불필요한 의료시술을 계속 받으시기보다는 편안히 보내실 수 있는 요양전문병원으로 가시는 게…."

그는 여기까지 이야기하고는 문득 말을 멈췄다.

"지금 이 얘기 처음 들으시죠? 실은 제가 어머님께는 한 주 전부터 말씀드렸었는데, 어머님께서 못 받아들이시는 것 같더군요. 그래서인지 따님들께는 말씀을 전하지도 않으셨나 보네요."

지금 그는 무슨 말을 하고 있는 건가. 그는 의사가 아닌가. 의사들은 치료하는 사람이지 예언자가 아니다. 물론 진단할 수는 있고 기대여명이 얼마라고 예측할 수도 있다. 하지만 아버지의 남은 날수는 하느님만 아시는 것이다. 그가 엑스레이로 아빠의 몸을 투시할 수도 있고 조직검사를 해서 암덩이가 얼마나 독종이고 악랄한지를 알아낼 수는 있겠지만, 아빠의 마음이나 정신을 투시하거나 아빠가 얼마나 살고 싶어 하시는지, 가족들이 얼마나 아빠를 필요로 하는지 알아낼 수는 없지 않은가. 아빠가 의사표현을 할 수는 없지만 아빠가 회복될 가능성이 없다면 남은 날을 어떻게 보내고 싶을지는 의사보다는 가족들이 더 잘 알 것이다. 1년 전쯤 아빠가 갑자기 응급실에 오시게 되었을 때 하셨던 말씀이 생각났다. '난 더 바라는 거 없다. 시골에서 우리 애들이랑 마음껏 놀아보고 싶구나.' 내가 아빠라면 적어도 요양전문병원에서 남은 생을 보내고 싶진 않을 것이다. 좀 덜 살더라도 차라리 가족들이 곁에 있는 집에서 보내고 싶을 것이다.

나도 그의 화법을 써보기로 했다.

"네, 저도 이번에 알게 되었어요. 병원에서도 급성기 환자나 수술이 필요한 경우를 위해서 저희 아빠 같은 분은 자리를 내드려야 한다는 걸요. 하지만 저희 아버지도 아직 치료가 필요하세요. 암이 있으시다는 건 이미 여기 올 때부터 알고 계셨던 거고요. 암이 있었어도 2년 동안 별 탈 없이 시골에서 잘 살고 계셨던 분이세요. 지금 문제는 근육이 다 사라져가고 있다는 거예요. 너무 누워만 계시니까. 그런 분한데 필요한 게 재활치료 아닌가요? 재활의학과에서 더 이상 치료할 의미가 없다고 하셨다는데 그게 무슨 말인가요. 환자 본인이 움직이고 싶어 하세요. 그러면 치료할 의미가 있는 거죠."

그는 내 말에 다소 동요하는 듯했다.

"치료할 의미가 없다는 게 그런 뜻이 아니고요. 지금 아버님께서 가장 아프신 곳, 그러니까 치명적인 병은 암이라는 거예요. 아버님은, 죄송합니다만 이렇게밖에 말씀드릴 수 없는 걸 양해해주세요. 아버님이 만에 하나 돌아가시게 된다면 그건 재활 실패가 아니라 암 때문이라는 거죠. 그래서 재활의학과에서는 자기 과의 환자가 아니라는 뜻에서 한 말일 거예요."

그래도 그는 영상판독 결과만 내게 읊어대던 주치의와는 달리 환자와 가족들의 마음을 읽을 줄 아는 경륜이 있는 의사였다.

"네. 저희도 병원 입장을 충분히 이해하고 있어요. 저희는 그렇게 생각하지 않지만, 지금 암이 치명적이 될 수 있다는 사실을 무시할 수 없다는 것도 이해합니다. 그런데, 선생님. 아버지가 지금 의식이 분명히 있으세요. 그리고 회복하고 싶은 의지도 있으시고요. 회복될 가능성이 있느냐는… 글쎄요. 병원에서는 중요할지 모르지만 그건 다음 문제예요."

"의지가 있으시다고요?" 그는 문득 의아하다는 듯 물었다.

"네, 분명히 있으세요. 제가 아빠한테 손을 꼭 쥐어보세요 하면 손을 꼭 쥐시고, 위로 올려보라고 하면 위로 올리세요. 입을 벌려보시라 해도 입을 벌리시고요"

나는 평소 자존심이 강한 아버지가 가족들의 이런 아기 다루듯 하는 요청에 한 번도 반발하거나 귀찮아하는 기색 없이 순순히 즉각적으로 반응하는 모습을 떠올리며 말했다.

"아빠가 만일 포기하셨다면 저희도 포기하죠. 하지만… 아빠는 포기하신 모습이 절대 아니세요."

갑자기 코끝이 찡해왔다. 꾹 참았던 눈물이 나도 모르게 흐르고 있었다.

그가 나지막이 티슈를 가져오라고 주치의에게 말하는 소리가 들렸다.

"잘 알겠습니다. 저희가 놓친 게 있었네요."

그가 호주머니에서 휴대폰을 꺼냈다.

"재활의학과죠. 신진호 님 전과신청 말이에요. 다시 한 번 더 부탁드릴게요. 네. 재신청한다고요. 저희가 간과한 게 있었어요.

네. 재활에는 무엇보다 환자의 의지가 중요하잖아요. 지금 환자는 회복하겠다는 의지가 아주 강합니다. 네⋯ 네⋯ 내과적인 부분은 일단 병행 치료하는 걸로 하고요. 신청서 다시 수정보완해서 보내드리겠습니다."

아빠. 일어나세요.
죽음은 그저 지나는 문일 뿐
지금 아빠를 저기서 기다리고 있다 해도 다가오지는 못해요.
천천히 힘내서 걸어가세요.
저희가 곁에 있어 드릴게요.
이왕 가시는 거 아이들이랑 함께 춤추면서 가요.
아빠, 사랑해요.

부기
아버지는 석 달 뒤인 2013년 11월 24일 선종하셨습니다. 신기하게도 아버지가 돌아가시고 나자 오히려 아버지를 더 잘 이해하게 되었습니다. 아버지의 모든 점이 다 저에게 온전히 이해가 되고 그래서 더 아버지를 그리워하게 되었습니다. 아버지도 어린 시절이 있었고, 할아버지의 아들이었으며, 저와 같은 유전자를 물려받은 사람이라는 것을 왜 시간이 지날수록 더 분명히 알게 되는지. 세월이 쌓일수록 떠나신 분과의 마음의 거리는 더욱 가까워질 것 같습니다.

내가 잊지 못하는 세 사람의 군인

김수동_방송인

🙠

지난여름, 내가 근무했던 방송사의 퇴직자 모임인 사우회에서 우편물이 왔다. '산수를 축하합니다'라는 메시지와 10만 원짜리 우편환이 들어 있었다. 산수? 며칠 후가 생일인지라 팔십 세이니 팔순인 건 알고 있었는데 산수라니, 하고 우편물을 뒤져보니까 산수(傘壽)는 팔십 세고 미수는 팔십팔, 졸수는 구십, 백수는 백 살의 별칭이라는 것을 알았으니 무지함이 부끄러울 뿐이었다. 또 미수가 되면 다시 축의금을 받는다는 것도 이번에 알았는데, 미수가 되려면 지금부터 팔 년을 더 살아야 한다. 팔 년이라니! 아득하기만 하다.

사실 내가 팔십이 되도록 오래 산다는 것은 상상 밖의 일이었다. 우리들 세대는 청춘의 입구에서 좌절과 절망을 경험한, 말하자면 로스트 제너레이션에 속하는 세대다.

5년제 중학교에서 3학년이 되던 해에 내년부터는 학제가 바뀌어 중3, 고3으로 나뉜다는 사실을 알았다. 그런데 시간이 촉박해서 준비부족이었는지 6월달이 되어서야 고등학교 일학년으로 진급할 수가 있었다. 중3에서 고1로 밀려 올라가는 것이라 특별한 감흥도 없었는데 3주 후에 큰일이 났다. 6·25 전쟁이 터진 것이다. 학업의 중단은 물론이고, 피난살이 떠나랴, 상급생들은 의용군에 징집당할까 전전긍긍 그야말로 아수라장이었다.

1·4 후퇴에 따라 우리도 부산으로 내려갔는데, 송도해수욕장에 텐트를 치고 중·고등학교 연락사무소를 개설한 탓에 부산으로 피난온 동창들 몇몇을 만날 수 있었고, 할 일 없이 노는 시절이니 송도 텐트에서 자주 모였다. 그런 와중에 학우였던 안순택이 육군병원에 입원해 있다는 소식이 들려왔다.

안순택은 집이 소사인가 오류동인가에 있었다. 따라서 그의 통학은 서울역까지는 기차로, 종로까지는 전차 그리고 북악산 기슭에 있는 학교까지는 도보로 걷는 힘겨운 과정이었는데 지각 한 번 한 적이 없어 그 부지런함으로 선생님들이나 급우들 사이에서 칭찬을 많이 받았다. 집이 먼 관계로 방과 후에는 쏜살같이 하교해버려 함께 놀던 기억이 별로 없었으나 성실하고 우직스러운 풍모가 인상적인 친구였었다.

그나저나 고등학교 2년생이 육군병원이라니 의아했다. 민간인을 군병원에 수용할 까닭은 없는데, 그렇다고 순택이가 군인이 되었을 리도 없고…. 갑론을박 중에 대표를 뽑아 셋이서 문병을 가기로 합의를 보았고 나도 셋 중에 한 명으로 뽑혀 육군병원으로 향했다.

우리를 맞이한 젊은 의무관은 순택이가 야간전투 중에 권총을 맞았는데 총알이 척추신경을 스쳐 지나가서 하반신 마비 상태라 감각이 없고, 가족과도 전혀 연락이 되지 않아서 학교 측에 연락을 한 것이라며 조심스럽게 면회를 하라고 넌지시 지시를 하였다.

병상에 누운 순택의 얼굴색은 생각보다 훨씬 좋아 보였으며, 우리는 애써 밝게 이야기를 주고받았다. 그는 하반신에 감각이 없다며 나더러 발을 만져보라고 하기에 발가락을 꼭 쥐었다. 지금 만지고 있느냐고 묻기에 그렇다고 대답했더니 전혀 감각이 없다, 라고 하였다. 하여튼 빨리 나아서 걸을 수 있게 되면 학교 사무실에 가자, 송도는 여기서 가깝다고 말하자, '너 가족은?' 하고 묻는다. 아버지는 외국에 나가 계시고 어머니와 여동생 셋은 같이 부산에 내려와 있다고 대답하니까 '그래…' 하고는 얼굴을 천장으로 돌리는데 눈꼬리에서 눈물이 한 줄기 흘러내리는 게 아닌가. 나도 가슴이 미어지고 눈물이 솟구쳐서 얼핏 일어나서 고개를 딴 데로 돌리는데 군의관이 오늘은 이만 하고 다음에 또 오라고 권했다. 병원을 떠날 때 의무관을 통해서 순택이가 지원 입대한 사실을 알았고 또 하반신 마비 총상은 당시 의학으로는 치유할 수 없는 중증인 것도 알았다.

일주일쯤 지나서 이번 주말에 문병가자고 이야기한 다음날, 순택이가 운명을 달리했다는 소식이 왔다. 치유할 방법이 없다고는 들었지만 이렇게 빨리 죽다니…. 급우인 안순택의 죽음을 통해 나는 인생의 덧없음과 허망함을 비로소 느낄 수 있었고 희로애락의 감정을 자제하는, 즉 어른으로 한 발 다가서게 된 것 같았다.

62년 전의 일이건만, 순택이의 눈에서 흘러내리던 눈물자국은 지금도 선명하게 눈앞에 떠오른다.

서른 하나가 된 1964년에 나는 신문사 동경 특파원으로 일하던 아버지를 따라 가 있던 13년 동안의 일본 생활을 접고 서울로 돌아왔다. 일본에서 학교 생활을 끝내고 영화사에서 조연출 생활을 4년 동안 보낸 끝에 영화감독의 꿈을 안고 귀국한 것까지는 좋았다. 하지만 현실은 녹녹치 않았다. 내가 연출한 영화마다 번번이 흥행에 실패하면서 호구지책조차 힘들게 되었다.

문병 가자고 이야기한 다음날 안순택 군이 운명을 달리했다.

치유가 어렵다고는 들었지만 이렇게 빨리 죽다니….

나는 급우의 죽음을 통해서 인생의 덧없음과 허망함을

비로소 느끼게 되었다.

희로애락의 감정을 자제하는, 즉 어른으로 한 발 다가서게 된 것 같았다.

그래서 문화영화, 교육영화, 다큐멘터리 등 닥치는 대로 가리지 않고 일하고 있던 중에 한 신문사에서 연락이 왔다. 제목은 사관후보생. 길이는 60분. 소재는 경북 영천의 제3사관학교. 제작자는 육군 본부로서, 사관후보생의 교육과정을 가감 없이 보여주는데 장편이니만치 극영화를 해본 사람이 좋을 것 같아서 나를 지목했다는 것이었다.

제안을 받은 건 좋았지만 서른이 넘어서 귀국한 탓에 제2국민역으로 등록된 미필자가 군대를 제대로 그려낼 수 있을까 걱정이 들었다. 담당 프로듀서는 차라리 대상에 대해 잘 모르는 게 대상을 객관적으로 파악하고 신선한 접근을 할 수도 있을 거라고 격려해주었다.

취재차 만난 제3사관학교 교장 정봉욱 소장은 놀라운 사람이었다. 그는 인민군 출신으로 6·25 때 낙동강 전선에서 부하병력을 이끌고 투항해온 군인으로, 그가 맡고 있는 제3사관학교의 교육이념과 실천방식은 이미 높은 평가를 얻고 있었다.

넓은 연병장에서 제식훈련이 한창이고 한쪽 구석에 커다란 구조물이 있는데, 물으니 체력훈련대란다. 아파트 삼층 가까운 높이에 밧줄, 줄사다리, 통나무가 가로 서 있고 사관생도들이 땀범벅이 된 채 오르락 내리락을 반복하는데 높이를 볼 때 떨어질 것 같아 아찔한 지경이다. 맨발로 행진하는 길도 자갈밭, 모래밭, 맨흙으로 구현되어 있고, 무장한 채로 행군을 하는데 네 사람씩 짝지워서 낙오자가 생기면 성적 미달조로 낙인찍히기 때문에 기진맥진한 생도를 양옆에서 부축하고 뒤에서 밀면서 뛰지를 않는가. 심지어 목표지점 근방에서는 번갈아 가면서 업고 뛰는 장면을 목격하고는 숙연해지기조차 했다.

더욱 놀란 것은 식당 풍경이었다. 말소리 하나 없이 묵묵히 식사 중인 수백 명 생도들을 보면서 주방에 들어가니 커다란 솥에 국을 끓이고 있는데 낚시대만 한 긴 나무 끝에 매단 양동이로 휘젓고 있는 것이 아닌가. 여기서는 건더기가 되는 모든 식재료는 갈아서 사용하는데 그래야 어떤 그릇에는 고기 덩어리가 들어가고 어떤 그릇에는 국물만 들어가는 불평불만을 없앨 수 있다는 얘기를 듣고 상황이 납득이 갔다.

특기할 만한 것은 당시 3사관학교에 제빵공장이 있다는 것이었다. 당시에는 고급 빵가게 하면 태극당이나 고려당 정도고 신앙촌에서 나오는 빵이 동네가게를 지배하고 있었는데, 사관학교 빵은 향기롭고 계란물까지 칠해 윤기가 흐르는 '작품'이라 할 만하였다. 일류 파티쉐를 데려다가 숙성기술을 익혀서 만들고 있다고 하는데, 재미있는 것은 생도들은 하루에 한 개, 기관 사병들은 이틀에 한 개, 장교들은 사흘에 한 개씩 배급된다고 하니 이른바 서열 관계가 역전되어 있는 셈이라 인상적이었다.

인민군 장교 시절에 모스크바에 유학을 갔었다는 정 교장의 서가에는 일어판으로 된 클라우제비츠, 몰트케 등의 전략전술 서적이 즐비했다. 정 교장은 3사관학교의 주인공은 어디까지나 후보생들이며, 기관사병은 도우미, 장교들은 교사역이고, 교내에서는 일절 체벌이 금지되어 있다고 강조했다.

다음날 3사관학교에서 좀 떨어진 화산에서 유격침투훈련이 있다기에 우리도 서둘러 산중턱에 올랐다. 화산은 민간인 출입금지 구역이라 온 산이 갈대로 뒤덮였고, 바람이 일 때마다 이리저리 파도치는 게 황홀하였다. 그렇지만 산에서 내려다보는 유격훈련은 너무나 거리가 멀어서 파악하기가 힘들었고, 가까이 가자니 훈련에 방해가 될 것 같아 잠시 쉬기로 하고 앉아서 담배를 피고 있는데 부관들을 이끌고 정 교장이 우리쪽으로 다가왔다.

정 교장도 내 옆에 앉아서 담배를 피면서 "여기가 참 좋지요?" 하고 묻는다. "네, 너무너무 좋습니다. 황홀해요." 하고 대답하니 "저기 저 능선요, 저 너머가 내가 낙동강 전투 때 귀순한 곳이에요."라고 말하고는 길게 연기를 내뿜는다.

곡절 끝에 만들어진 영화는 제3사관학교라는 소재 자체가 이야기거리가 많아서였는지 호평을 받았으며, 극장만이 아니라 TV에서까지 방송되었다. 이후에도 투철한 군인정신이니 참된 군인상이니 하는 단어를 볼 때마다 내내 정 교장의 얼굴이 떠올랐던 걸 보면 그때의 취재가 참 오래 영향을 미쳤던 것 같다.

2년 후인 1972년에 나는 남산에 있던 국영방송 KBS-TV의 PD로 직업을 바꿨다. 영화계에서는 도저히 적응이 안 돼 생활의 안정을 찾아 월급쟁이로 들어간 것이다. 처음에는 〈KBS 무대〉라는 단막극을 주로 하다가 나중에는 구봉서, 배삼룡, 송해가 주연을 한 〈1통 2반 3번지〉라는 코미디 연속극을 맡기도 했었다.

74년 초에 일일연속극 〈꽃 피는 팔도강산〉이 기획되면서 〈1통 2반 3번지〉에서 호흡을 맞춘 바 있는 윤혁민 작가가 대본을 쓰고 연출은 내가 맡게 되었다. 김희갑, 황정순 두 노부부가 전국에 흩어져 사는 일곱 명의 사위와 딸들을 방문하면서 발전하는 조국의 모습을 배경으로 따뜻한 홈드라마를 펼친다는 게 기획의도였다. 매주 지방 각처를 왕복해야 한다는 게 여간 부담이 되는 일이 아니었다. 더구나 요새같이 간편한 휴대용 카메라가 발명되기 전이라, 육중한 녹화차를 끌고 다녀야 했으니 오죽했을까. 다행히 시청자들의 호응이 꽤 열렬했다.

한 번은 포항 편을 다루기 위하여 포항제철소를 방문하였다. 그 이전에 영화계에 있을 때 문공부에서 간섭을 하면 할수록 영화계의 사정이 나빠졌다는 사실을 알고 있었으므로, 관의 입김이 센 포철도 포장을 벗기면 별게 아니려니 하는 마음가짐으로 갔었다. 하지만 30~40분짜리 브리핑 영화를 보고는 KO 펀치를 맞은 기분이 되었다. 왜냐하면 브리핑 영화의 내용은 당시 대한민국의 스케일을 벗어나는 것처럼 보였기 때문이다. 압도적인 느낌은 공장 구석구석을 견학할 때마다 가중되었고, 헬멧을 쓰고 무거운 물건이 떨어져도 발이 다치지 않게끔 철판이 들어간 구두와 군복 비슷한 제복을 입은 직원들이 일사불란하게 작업하는 모습에서는 감동하지 않을 수가 없었다.

더구나 직원들의 후생복지를 위하여 마련된 주택단지와 아파트 그리고 유치원을 비롯한 교육시설에 장차 공과대학까지 설립

할 예정이라니, 나는 넋 나간 사람처럼 감격하게 되었다. 만약 실패하면 영일만에 빠져 죽자고 다짐하며 황무지에서 포철을 일으켜 세운 박태준이란 사람에게 관심을 쏟지 않을 수가 없었다.

태풍이 몹시 불어 잠을 설치고 난 다음날 아침, 윤 작가가 이리와 보라고 창가에서 부르기에 내다보았더니, 박 사장이 헬멧에 군화와 제복 그리고 오른손에 지휘봉을 든 채로 관리소장을 대동하고 단지를 점검하고 다니는 모습이 보였다. 시계를 보니 아직 오전 7시 20분. 사장실로 출근하기 전에 간밤의 태풍으로 인한 피해가 없었는지 시찰을 나온 게 분명했다. 윤 작가와 나는 서로 마주보며 혀를 내두를 수밖에 없었다.

드라마 속에서 포철을 배경으로 여러 편이 방송되고 박 사장과도 인간적으로 많이 가까워진 어느 날, 이것 좀 보라며 종이 한 장을 보여주셨다. 열 명 내외의 사람 이름이 적혀 있고 괄호 안에 직장명이 있어서 갸우뚱하고 쳐다본즉, 우리 회사 이사명단이야, 라고 말씀하신다. 주의 깊게 다시 보니 모두가 포철의 부서 출신이었다. 그래서, 이상하네요, 금융권이라든가 관청에서 내려온 이름이 없네요, 하니 바로 그거에요, 내가 포철을 맡을 때 각하께 외부 인사 청탁은 막아주십사 하고 부탁을 드렸다는 것이었다. 포철 직원들의 결속력과 상호신뢰, 넘치는 열정이 어디에서 기인하는지 그제야 이해가 되었다.

　우리가 처음 포철에 야외녹화를 갔을 때 그해에 입사해서 홍보실로 배정된 젊은 사원이 있었다. 그이가 녹화팀을 계속해서 담당하였는데 이런저런 업무를 날렵하게 처리하면서도 애교가 있어서 연기자들에게도 꽤 인기가 있었다. 당시 입이 험하던 한 연기자는 '포철 똘마니'라 부르며 특별히 더 예뻐하기도 하였다.

　그런데 2006년 가을 포철에서 연락이 왔다. 〈꽃피는 팔도강산〉도 이제 30년 전의 일로 그냥 잊혀지는 게 아쉽다, 스케줄이 괜찮다면 포항을 방문해달라, 환영하겠다는 공문이었다. 발신인은 포철 사장 윤석만, 즉 처음 녹화할 때 갓 입사한 홍보실 막내가 30여 년 만에 사장자리에 앉은 것이다. 포항에 2박3일 내려갔다 온 것과 함께 서울에서도 다시 한 번 포철 본사에 모여 이때는 박태준 고문 내외분도 참석하여서 오랜만에 회포를 풀었다. 한때 박 사장은 정계에 투신했다가 본의 아니게 일본으로 쫓겨나기도 했었다. 그분의 정치적 역량은 모르지만 포항제철을 세워 관리해온 역사를 살펴보면 나라라고 관리를 못하지는 않았을 것 같다는 생각도 해본다.

　그러나 이제 박태준 회장이 고인이 된 지도 수년이 지났다. 포항에 동상을 세운다고 모금을 한다는 소식을 듣고 윤혁민 씨와 나는 빈자의 대표 자격으로 10만 원씩을 보내기도 했다. 내년 봄쯤에는 포항에 동상 구경을 하러 가자고 벼르고 있는 중이다.

80의 지난 세월 동안 쌓인 것이 많을 텐데 어쩌다 보니 군대를 가지 못한 처지에서 지금도 또렷이 기억나는 세 사람의 군인 얘기를 하게 되었다. 안순택 같은 젊은이들의 희생이 없었다면, 정 교장처럼 미약한 조건에서 훌륭한 군인들을 만들어내려는 노력이 없었다면 그리고 박태준 사장의 열정과 리더십에 따라 포항제철 같은 모범기업이 성공하지 못했더라면 21세기의 대한민국이 어떤 모습일까 생각이 깊어지는 요즈음이다.

시
간
을

묻
다

오늘이 가장 젊은 날이다

박창희_언론인

🙠

"처남, 올해 나이가 몇이고?"

"오십 앞줄 좌악 깔았다 아임미꺼."

"뭣이라꼬? 오십? 코흘리개 조무래기들이 빳다 맞을 때가 엊그제 같은데, 벌써 오십이라꼬? 내만 나이 묵는기 아니네."

"그 빳다 생각납니더. 엄청 크고 겁났지예. 어린 것들이 그 빳다 앞에서 얼마나 쫄았던지…. 지금 생각해도 무습심더."

"그땐 참 맞을 일도 많았제. 몽둥이가 컸던 게 아니라, 너거가 작아서 크게 보였던 거지. 그게 언젯적 얘기고…."

그때 초등학교 4학년 교실은 완전 공포의 도가니였다. 이른바 '국회의원 몽둥이' 때문이었다. 교실에선 사흘이 멀다 하고 '국회의원 몽둥이'가 춤을 췄다. 큰 덩치에 키가 훤칠했던 선생님은 교실에 야구 방망이 같은 몽둥이를 항상 비치해놓고 문제가 생길 때마다 몽둥이를 들었다. 차례로 나왔! 엎드려! 다음! 엎드려! 다음! 퍽퍽! 교실이 떠나갈듯 몽둥이 소리가 진동했고, 아이들은 숨죽인 채 매타작이 그치기만을 기다렸다. 어린 엉덩이들은 아파도 아픈 내색을 할 수 없었다. 꾀병이라도 부릴라치면 매 타작은 더 강해졌다. 몽둥이의 위력은 대단했다. 한 번 매 타작이 있고 나면 문제 학생, 교칙 위반 학생이 현저히 줄었다. 요즘은 상상도 할 수 없는 일이지만 그때는 아무 일도 아닌 양 그런 일이 통했다.

일전에 초등학교 동창회에 나갔다가 누군가 그 몽둥이 얘기를 꺼냈다. "그기 우릴 사람 만들었다 아이가!", "화끈했지 뭐, 다시 맞고 싶다아~", "그래도 그 선생님이 최고 보고 싶더라!" 생각하면 무섭고 아린, 그러면서도 고마운 추억을 불러오는 몽둥이였다. 그때 '맞은' 예방주사가 우릴 이만큼 살아가게 만들었다는 생각이 미치자 눈시울이 뜨거워진다.

그런데 인연이란 게 뭔지. 그때 그 선생님이 우리 셋째 누님과 결혼해 지금 나의 자형(姉兄)이 되어 있다. 사제지간에서 처남매부 지간으로 바뀐 것이다. 그렇다고 아린 추억이 달아난 건 아니다. 그 자형을 볼 때마다 적이 두렵고 조심스럽다. 더욱이 자형의 큰 덩치와 팔뚝을 볼 때마다 몽둥이가 생각나고 '퍽퍽' '픽픽' 쓰러지던 친구들이 떠오른다.

작년 아버지 제사 때 찾아온 셋째 자형은 내 나이를 묻더니, 놀란 눈으로 나를 보며 싱긋 웃었다. 칠순을 바라보는 당신 나이는 잊은 채, 마구 나이를 먹는 어린 제자의 나이가 신기했던 모양이다.

"그려 세월 한번 빨라! 그렇게 쏜살같이 가버린 거야." 그날 제사상을 물린 후 셋째 자형은 평소보다 많이 술을 드셨다. 40여년 전, 아이들에게 휘두른 그 몽둥이가 아팠던 걸까. 자극이 강할수록 추억은 진하게 새겨지는 법. 아, 쏜살같이 가버린 40년, 나는 무엇을 쌓고 지웠던가.

시간이 참 빠르게 간다고들 한다. 헉, 세상이 왜 이렇게 빨리 돌아가는지 모르겠다는 아우성들이 도처에 넘친다. 정보통신 기기들은 시간을 더욱 가속화 한다. 시간이 채찍질 당한다. 하루가 눈 깜짝할 새 지나간다. 일주일, 한 달이 그냥 후딱후딱 가버린다. 헉, 가버리다니! 시간이 가버리면 영영 떠남이고 이별인데, 우리가 살아온, 살아내는, 살아갈 시간이 너무 아깝지 않나. 그러고 보면, 예전보다 확실히 시간이 빨라졌다! 이 느낌의 질감은 대략 난감이다. 이 느낌이 나이와 겹쳐지고, 죽음을 앞당기는 시간으로 치환되면 숫제 공포감으로 다가온다.

시간이 빠르다는 건 시간 인식의 문제인가, 시간 개념의 문제인가? 가끔 이런 의문을 품곤 한다. 시계 없이 사는 에스키모인들과 시계를 두세 개 차고 늘 바쁘게 움직이는 도시인들의 시간 감각에 대해 고민한 적도 있다. 고민의 귀결은 바쁘게 사는 게 능사가 아니고, 바쁜 것이 행복이 아니라는 것. 그러면서 시간을 늦추는 제도와 처방이 있었으면 하고 소망하곤 했다. 그러나 그뿐이었다.

시간이 모두에게 똑같이 공평하게 주어지는 것도 아닌 것 같다. 사람마다 좋은 시간, 귀한 시간, 바쁜 시간, 급한 시간, 난감한 시간, 필요 없는 시간이 있고, 그걸 이해하고 활용하는 방식이 제각기 다르다. 시간은 천의 얼굴이요 만의 표정이다. 그런 시간을 안고 살아가면서 늘 투덜댄다. "시간이 없다!" 하면서.

흔히들 나이대에 따라 세월 흐르는 느낌이 다르다고 한다. 살아보니 그런 것 같다. 이를 시속으로 표시해 10대는 10킬로미터, 30대는 30킬로미터, 50대는 50킬로미터, 70대는 70킬로미터의 속도로 시간이 지난다고도 한다. 나이대와 시속이 어쩌면 이렇게 비슷한지 신통한 일이다.

한 설문조사(잡코리아, 2012년)를 보니, 직장인들이 체감하는 '시간속도'는 최고 속력 100킬로미터를 기준으로 평균 시속 69킬로미터로 나타났다. 나이가 많을수록 체감 속도는 더 빨라진다. 또 직장인 10명 중 9명은 체감하는 시간속도가 '빠르다(92.3%)'고 답했다. '빠르다'고 답한 이유들이 재미있다. '나이 먹도록 이룬 것이 없어서'(57.1%), '반복되는 일상 때문에'(33.9%) '삶에 여유가 없어서'(29.0%) '정신없이 바쁜 업무 때문에'(24.7%) 등이 이유다. 모두 자기 스스로 만든 이유들이다. 그렇다면 여기서 벗어나는 길도 자기 자신에게 있을 수밖에 없다. 결국은 자기 문제인 것이다.

나이 들수록 시간이 빠르다는 것은 어느 정도 심리적·과학적 근거가 있는 것 같다. 나이가 들수록 여러 새로운 경험이 젊었을 때보다 더 줄어들고 그래서 머릿속에 특별히 남게 되는 기억도 적을 수밖에 없다. 심리학자들은 시간 흐름이 빠른지 느린지의 주관적인 느낌은 회상해낼 수 있는 기억 흔적들의 수에 달려 있다고 설명한다. 그래서 20살짜리 청춘에게 1년은 20분의 1이고, 60세 노년에게는 60분의 1이 되어 1년을 더 짧게, 빨리 지나가는 것처럼 여기게 된다는 것이다. 다시 말해 자신의 나이가 시간의 흐름을 평가하는 인지적인 기준이 된다는 말이다.

같은 강물도 나이에 따라 느끼는 바가 다르다고 한다. 강물(시간)은 원래대로 흘러갈 뿐인데도, 사람의 체력 저하, 인식 변화, 느림의 선호 등으로 인해 강물이 옛날보다 빨리 흘러가는 것 같이 보인다는 것이다. 중요한 것은 시간 흐름에 대한 느낌과 해석일 것이다. 모든 것은 마음의 판단, 의식 작용의 결과라는 말이다.

탁월한 번역가이자 작가인 고 이윤기 선생의 책 중에 『시간의 눈금』이란 게 있다. 거기에 이런 말이 나온다.

"변하지 않는 것은 '오래된 미래'이기도 하고 장차 올 미래이기도 하다. 예스터-모로(yester-morrow). 어제와 내일이 혼재하는 시제를 나는 살고 싶어 한다. 그렇게 살면서 어제와 내일의 이음새가 되고 싶다."

예스터-모로란 말이 유난히 눈에 들어온다. 어제에 집착할 것도 아니요, 내일을 기다릴 것도 아니며, 순간에 머물 것도 아니니 어제와 오늘의 이음새가 되고자 한다는 말이다. 오랫동안 신화와 문명을 탐구해온 작가의 탁견이다.

그러면서 작가는 "No pain, no gain!"이라고 일갈한다. 고통, 고난 없이 얻어지는 것은 없다! 삶은 경험해야 하는 것이고, 겪어야 하는 것이며 그건 고통이 수반된다는 말일 터이다. 이러한 명쾌한 철리에 다가가려면 느려져야 하고 느림을 껴안아야 한다. 느리게 어제를 돌아보고 오늘을 음미하며 내일을 바라보는 여유를 가질 수 있을 때, 고통은 경험이 되고 역사로 치환될 것이다.

사람마다 좋은 시간, 귀한 시간, 바쁜 시간, 급한 시간, 난감한 시간, 필요 없는 시간이 있고, 그걸 이해하고 활용하는 방식이 제각기 다르다.

시간은 천의 얼굴이요 만의 표정이다.

그런 시간을 안고 살아가면서 늘 투덜댄다. "시간이 없다!" 하면서.

예스터-모로! 난 무슨 어제를 가져와 어떤 내일을 엮어갈 것인가. 아, 시간은 째깍째깍 가는데 사념은 갈수록 무뎌진다.

빠르게 흐르는 시간이 아쉬워 이 나라 이곳저곳의 강나루들을 찾아다녔다. 나루를 찾아다닌 시간은 참으로 행복했다. 옛 나루의 쓰러져가는 주막에서 운 좋게 막걸리라도 들이킬 양이면, 나루가 내게로 다가와 지난 세월의 강물 이야기를 주섬주섬 들려주었다. 나루마다 독특한 느림이 있고, 정이 있고, 이야기가 있었다. 그 이야기들이 곧 이 땅의 나루사(史), 마을사, 민속사였다.

그런데 다리의 시대가 도래하고부터 이러한 나루의 많은 장점과 덕목들이 사라져버렸다. 무심한지고! 무정하게도 이 땅 나루에는 거의 어김없이 다리가 꽝꽝 뚫렸다. 그리고 달리기 시작했다. 가자, 한시가 바쁘다. 시간이 돈이고 효율이다. 달려, 달리라구…. 빵빵, 야! 왜 앞을 가로막고 있어! 비켜! 넘어지고 깨어지고 죽더라도 달린다. 달려야 한다. 달려야 산다고 생각한다. 뒤처지는 것은 밀리는 것, 낭떠러지에 서는 것, 인생이 무너지는 것이라 생각한다. 아, 그렇게 빨리 달려 어디를 가려 하는가. 우리는 너무 빨리, 후회도 없이 다리의 빠른 속도에 적응한 게 아닌가.

나루터에서 다리를 본다. 다리가 놓이면 나루는 속절없이 사라진다. 나루는 다리를 염려하지만, 다리는 나루를 생각하지 않는다. 다리에선 기다림이 없다. 아무도 기다려주지 않는다. 슬픈 일이다. 아무도 기다려주지 않는 나루에서 나루를 기다리다니!

다리는 질주를 전제로 태어났다. 다리는 질주 본능에 충실하다. 다리 아래에 무엇이 흐르는지, 어떤 풍경이 펼쳐지는지, 누가 웃고 우는지 따위엔 관심이 없다. 그 질주를 발전이라 하고, 휙 지나가버리는 것을 소통이라 하지 않았던지 자문해 볼 일이다.

텅 빈 나루에서 우리는 한용운의 '님의 침묵'을 읊조리고 앉아 있을 수밖에 없다.

님은 갔습니다. 아아 사랑하는 나의 님은 갔습니다…. 우리는 만날 때에 떠날 것을 염려하는 것과 같이 떠날 때에 다시 만날 것을 믿습니다. 아아 님은 갔지마는 나는 님을 보내지 아니하였습니다…

눈부신 질주를 멈추고 문득 뒤돌아본다. 저 멀리에서 가물거리는 나루가 추억의 이름들을 불러낼 것 같다. 우리 어머니, 그 어머니의 아버지, 그 아버지의 할머니, 옛 친구, 동무들, 정겨운 이웃들이 건너가고 건너왔던 나루가 두 눈에 밟힌다. 눈시울이 떨린다.

나루의 시대에는 모든 공간이 열려 있었다. 나루는 강과 들, 산으로 열려 있었고, 이웃과 길손들에게도 열려 있었다. 나루에서는 사람과 사람, 사람과 자연, 이쪽과 저쪽, 위와 아래가 서로 통성명하고 이야기를 나누었다. 그곳엔 야성이 숨 쉬고 야생이 꿈틀거렸다. 나루에선 인간이 어떻게 간섭할 수 없는 '발효되는 시간'이 있었다. 저절로 익어서 돌아가는 인정과 순리가 있었고, 그 속에서 기다림과 그리움이 움텄다. 사는 것은, 산다는 것은 모름지기 그러해야 한다는 걸 뒤늦게야 깨닫는다. 늦더라도 느리게 사는 것이 행복의 첩경임을 깨닫는다.

이 글을 쓰자니, 과거의 추억이 마구 밀려온다. 할 일은 많고, 할 시간은 없는 것 같고, 해야 할 일, 만들어가야 할 인연과 사업이 많은데 몸은 점점 느려진다. 그런데도 마음만 늘 바쁘다. 나의 병은 느림을 껴안지 못하는 것. 업무 스트레스로 이빨이 자꾸 빠진다. 빠진 곳에 임플란트를 해넣는다. 내 것은 빠져나가고 남의 것이 자꾸 들어온다. 빠진 이빨 사이로 말이 새고 바람이 샌다. 노래를 불러 스마트폰에 녹음을 해봤더니 바람 새는 것이 정교하게 기록돼 있었다.

이 슬픔을 누구에게 하소연하나. 해결책은 느림 밖에 없는 것 같다. 느리게 움직이고 느리게 씹고 느리게 생각하기. 문득 느려짐을 미워하지 말고 그 자체로 누려야겠다는 생각이 든다.

정현종 시인의 싯구 중에 '모든 순간이 꽃봉오리였는데…'란 대목이 있다. 그렇다. 지금이 전성기다. 이건 확실하다. 순간의 꽃봉오리를 빠르게, 바삐 터뜨릴 필요는 없다. 꽃은 느리게 피고 오래 가야 사랑받는다. 지금 내 나이가 생의 절정이고, 나의 남아 있는 나날 중에 가장 젊은 날이다.

'신노인'이라는 운명론

김욱_번역가

✹

나는 1930년에 태어났다. 일제 시대였다. 그때는 초등학교가 아
닌 소학교라고 불렸다. 소학교에 입학했을 때가 1937년이다. 루
거우차오사건으로 중일전쟁이 발발했고, 그 여파가 아무 상관없
는 조선반도까지 뒤흔들던 시기였다. 동네 어귀에서 신문지에 담
뱃잎을 싸서 뻐끔거리며 우리를 겁주던 동네 형들이 어느 날 갑자
기 노란 일본 군복을 입고 서대문 앞에서 일장기를 흔들며 딱딱하
게 굳은 얼굴로 중국에 건너가곤 했다. 그리고는 대부분 돌아오지
않았다.

그 무렵에 나는 책을 좋아했다. 아버지가 서울역 뒤편에서 냉
면집을 하셨는데, 벌이가 되는 날엔 나도 잔심부름을 했고, 그러
면 아버지는 기특하다며 동전 몇 개를 쥐어주셨다. 그럴 때면 나

는 곧장 자전거를 타고 동대문 헌책방 거리로 달려가서 좋아하는 책들을 잔뜩 사서 자전거에 실어오곤 했다. 일어로 번역된 외국 소설이나 에세이 등이었다.

문학을 좋아해서 고등학교에 입학하자마자 문학 동인회도 만들었다. 대학에서도 국문학을 전공했다. 문학이라는 분야는 세상 흐름과 따로 노는 매력이 있었다. 세상에서 무슨 일이 벌어지고 있든, 내 주변 사람들이 무슨 일을 겪든 나는 혼자 방 안에 틀어박혀 좋아하는 책만 읽었다. 그래도 어른들은 책 좋아하는 나를 칭찬해주었다.

그런 칭찬에 우쭐했던 건 아니지만, 시를 쓰고 소설을 쓰면서 내가 뭐라도 된 것처럼, 나도 뭔가 될 수 있을 것 같다는 희망에 가슴이 부풀었다. 세상은 2차 세계대전이라는 거대한 전쟁에 휘말려 엉망이 되고 있었지만 나는 그런 흐름을 특별히 의식하거나 하지는 않았다. 매일처럼 좋아하는 소설을 읽고 습작을 하고, 동인회 친구들과 어울려 어른들 몰래 술을 훔쳐 마시는 것이 청춘이자 낭만이라고 여겼다. 시를 쓰고 소설을 쓰고 책을 읽는 행위는 복잡하게 뒤얽힌, 그래서 감히 이해할 엄두조차 나지 않는 현실세상으로부터 동떨어진 채 나만의 안식처를 만드는 현실 탈피의 과정이었다.

상급학교로 진학할 때마다 문학이라는 분야에서 직업을 가져야겠다는 생각이 더 강해졌다. 취미로 하는 정도가 아닌, 그것을 내 평생의 본업으로 삼아야겠다고 결심한 것이다. 그러나 현실은 그리 만만하지 않았다. 처음에 나는 나라를 빼앗긴 식민지의 소년이었고, 어느 날 갑자기 찾아온 해방 후에는 이념과 정치라는 거대한 물줄기에 휩쓸리지 않으려고 아슬아슬한 외줄 위를 걸어가는 신세가 되고 말았다. 나만의 세계를 응축시키고 싶어도 현실 앞에서는 아무것도 자유롭지가 않았다.

1950년 여름, 6·25 전쟁이 터졌다. 대학교 2학년. 갓 스무 살이 되었을 때다. 문학지의 신인작품 모집에 응모했고, 1차 예심에 합격해 2차 심사만 남겨둔 터였다. 2차 심사만 통과하면 정식으로 소설가가 되는 것이었다. 어느 날, 전쟁이 났다는 소문이 들린 지 이틀도 되지 않아 인민군에게 서울이 함락되었다. 책을 사러 나갔다가 서대문 네거리에서 인민군에게 붙잡혀 의용군으로 이북에 끌려갔다. 가족들에겐 알리지도 못한 채였다.

내가 원치 않았음에도 불구하고 그런 처지가 된 것은 순전히 전쟁 때문이다. 보다 외연을 확장시켜보면 세상이 그렇게 변해버렸기 때문이다. 이처럼 내 운명은 사회의 움직임에 철저히 침범당

늙을수록 세상의 움직임을 관찰하면서
"나는 이렇게 생각한다", "나는 이렇게 파악하고 싶다"라는
자기 나름의 이해와 결론에 도달해야 한다.
나이가 들수록 이런 습관이 더욱 중요하다.
더 이상 기회가 주어지지 않기 때문이다.

하고 있었다. 중학교를 졸업하고 고등학교로, 고등학교를 졸업하고 대학교로 진학했던 것도 따지고 보면 사회가 만든 '룰'에 지나지 않았다. 문학은 누가 가르쳐서 될 일이 아님에도 불구하고, 그런 문학을 하기 위해서는 대학교에서 국문학을 전공하는 것이 암묵적인 통과절차로 자리잡았다.

　　나는 개인의 자유로운 개성보다 집단의 평등에 더 후한 가치를 매기는 사회주의에 결사적으로 반대했었다. 북한으로 끌려간 지 두 달쯤 지났을 때 목숨 걸고 남쪽으로 도망쳐오자 이번에는 대한민국의 해군으로 징집되었다. 개인도 개인적 일상도 불가능한 시대였다. 내 운명과 내 삶이 사회적 흐름 때문에 내가 원치 않은 방향으로 흘러갈 수 있음을 처절하게 깨달았다. 그 관계를 좀 더 일찍 관찰하고 거기에 맞춰 잘 준비했다면 다른 결과가 나왔을까. 올해로 만 여든 세 살이 된 이즈막에 이르고서야 이것이 내 인

생의 가장 커다란 후회이자 실패로 기억된다.

지금도 소학교 시절 동네 형들이 울면서 중국으로 떠나던 장면과 스무 살 시절에 겪은 전쟁을 꿈에서 본다. 잠에서 깨고 나면 "나는 왜 그때 아무것도 하지 못했을까" 하고 후회한다. 물론 어린아이거나 고작 학생 신분이었던 내가 격변하는 시대에 맞서 세상을 바꾼다거나, 나 외의 누군가를 변화시킨다는 것은 불가능했을 것이다.

나의 아쉬움은 내 안에 있다. 현실에 직면했을 때 나는 세상이 뒤집혀진 것 같은 엄청난 충격을 받았다. 그때의 충격은 나의 인생에서 경험한 가장 큰 충격이었다. 하지만 그걸로 끝이었다. 그 이후에도 내 삶은 거의 변한 게 없다. 전쟁터에서 살아남아 당장 먹고 살아야 될 문제가 생기자 직업으로 신문기자가 되었고, 삼십 년 넘게 짧은 기사 몇 줄로 목숨을 연명했다.

퇴직 후 나는 기로에 섰다. 일제 시대, 6·25 전쟁에 이은 세 번째 기로다. 세상은 오직 내 나이가 육십이 넘었다는 이유로 노인네 취급을 했고, 더 이상 사회에 너를 위한 일감은 없다고 매정하게 같은 말을 반복했다. 무엇을 할 것인가. 살아있는 동안 또 무엇을 해야 하나.

옛날과 마찬가지로 내가 어떻게 할 수도 없는 곳에서 세상은 180도 달라져 있다. 전쟁이 그랬고, 평생 일해온 직장에서 물러나 하루아침에 뒷방 늙은이로 전락했을 때도 그랬다. 그런 경험은 단순한 충격으로 끝나지 않는다. 그동안의 삶이 부정당하는 듯한 상실감과 허망함으로 이어진다.

나이가 들면서, 은퇴라는 단어가 남의 이야기처럼 들리지 않게 되면서 왠지 모를 상실감과 허망함, 아무것도 하지 못하는 미래의 내 모습이 아른거렸다. 충격과 허탈, 자괴가 전쟁터에서 들었던 포화처럼 내 귀와 영혼을 때렸다.

퇴직을 앞두고 나는 이렇게 생각했다. 젊어서는 세상이 어떻게 돌아가는지에 관심이 없었다. 그래서 내가 대처하지 못한 방향으로 끌려갔다. 이제 내 삶은 길지 않다. 더는 끌려가고 싶지 않다. 세상이 어디로 가든 나는 내가 가고 싶은 곳으로 가야겠다. 세상이 보이는 대로, 보여주는 대로 납득하는 것이 아니라 내 나름으로 파악해야겠다. 이를 소홀히 여겼다가는 나의 의지가 미치지 않는 곳에서 사회는 나를 그렇고 그런 노인네, 사회에 이득이 안 되는 늙은이, 국민연금만 고갈시키는 잉여인간으로 취급하게 될 것이다. 그런 취급은 받고 싶지 않다는 것이 첫 번째 이유였고, 당장 내일이라도 세상이 어떻게 변할지 모른다는 걱정, 내가 계획해

온 노후를 일변시키는 대사건이 발생했을 때 세상은 자기들이 약속했던 나의 노년을 보장해주지 않을 것이라는 확신에서 내 힘으로 나의 남은 삶을 지켜내야겠다고 결심하게 되었다.

이 나이가 되도록 살아오면서 나보다 한 살이라도 어린 사람들에게 말해줄 수 있는 한 가지 깨우침은 '오늘'은 나 스스로 판단해야 한다는 것이다. 사실과 어긋난, 그릇된 판단이더라도 상관없다. 세상의 움직임을 관찰하면서 "나는 이렇게 생각한다", "나는 이렇게 파악하고 싶다"라는 자기 나름의 이해와 결론에 도달해야 한다. 늙을수록 이런 습관이 더욱 중요해지는 까닭은 더 이상 기회가 주어지지 않기 때문이다. 이번이, 오늘이, 올해가 내 인생의 마지막 기회일 수 있기 때문이다. 내가 알지 못하는 곳에서 거대한 변화가 불어오더라도 노인은 흔들려서는 안 된다.

이 세상에 '내 힘으로는 어떻게 해볼 도리가 없는 일'이라는 게 있다는 것을 숱하게 배웠다. 일제 시대도, 전쟁도, 정년퇴직도 내 탓은 아니다. 나는 전쟁을 일으키지도 않았고, 은퇴해야 될 만큼 무능력하지도 않았다. 젊은 후배들과의 경쟁에서도 지지 않을 자신이 있었다. 하지만 전쟁은 일어났고, 나는 평생토록 지켜온 자리에서 오직 나이가 많다는 이유로 떠나야 했다. 아무리 애를 써도 사회적 조건과 현실은 달라지지 않았다.

그렇지만 그 사회적 운명만이 다는 아니다. 우리에게는 아직 한 번의 기회가 더 주어져 있다. 바로 개인으로서의 운명이다. 지금까지 사회적 운명의 소용돌이에 휘말려 식민지 백성으로 살고, 민족 간의 전쟁을 겪고, 대학을 나와 취직해서 가정을 이루는 이 모든 선택과 결말은 어차피 사회적 운명이었다. 그에 대한 주권은 전적으로 사회에 있다. 그 안에서 이루어진 우리의 생애는 고작해야 도구이고 양념이고 주변인이었을 뿐이다. 직장만 해도 그렇다. 내가 가고 싶다고 그 회사에 취직하기란 불가능하다. 그 회사가 나라는 인재를 필요로 했을 때 취직해서 월급을 탈 수 있는 것이다.

하지만 이제는 다르다. 사회적 운명은 이제 끝이 났다. 사회도 국가도 나에게 더 이상 관심을 갖지 않는다. 이제는 개인적 운명만이 남아 있을 뿐이다. 이것이야말로 진짜 나의 '운명'이다. 이것은 기적이며, 감동이고, 자기 외에는 그 누구도 체험할 수 없는 환상의 모험이다. 나는 그와 같은 삶에 도전했다. 그리고 예순이 넘은 나이에 번역가로서 출발해 이백 권이 넘는 책을 번역했고, 여러 권의 책을 써서 작가가 되었다. 현재의 내 삶은 기적이다. 내 인생에 찾아와준 기적은 내가 나의 지난 세월을 운명이라 믿고 뒤돌아봤기에 가능했다. 그림자처럼 나를 포기하지 않고 뒤따라온 운명 덕분에 가능했다고 믿는다.

내 앞에는 아직 경험하지 못한 새로운(新) 세월들이 놓여 있다. 그러니 나는 더 이상 그냥 '노인'이 아니다. '신노인'이다. 세상에 없던 인종이다.

화석 혹은 세월의 유산

김경훈_트렌드 분석가

한동안 쓰지 않던 메일 사이트에 우연히 들어가게 되었다. 읽지 않은 메일만 1500통이 넘게 쌓여 있었다. 대부분 광고 메일들이다. 지워야겠다고 생각했다. 메일 리스트를 한번에 100개씩 볼 수 있도록 환경 설정을 한 다음 100개씩 지워나갔다. 누군가가 보내온 이야기들이 한꺼번에 100개씩 사라진다. 하지만 내게는 꽤나 지루하기만 한 일이다.

신규 메일들을 다 지우고 나니까 예전에 읽었던 메일들만 남았다. 이것도 지울까? 남은 메일 숫자가 2000개쯤 된다. 놔두자. 그런데 내가 언제부터 이 계정을 썼지? 끝 페이지로 가본다. 2007년이니까 7년쯤 전이다. 자잘한 카드 청구서들, 영화 예매 확인 메일, 미래 레저도시 관련 문화부 자문회의 일정, 뉴욕에서 라디오 인터뷰 일정 조정 메일… 응? 뉴욕? 아, 그렇다. 김민석 전 의원의 부인 김자영 씨가 뉴욕에서 한인 대상 라디오 프로그램 진행을 한다며 한국 사회의 변화에 대해 인터뷰를 하자고 했었다. 그때 무슨 말을 했는지는 하나도 기억나지 않는다. 아나운서가 유명한 사람이라 그 상황에 대한 기억만 남았나보다. 통 장기기억은 취급하지 않는 내 형편없는 기억력을 메일이 되살리는 중이다.

기왕에 시작한 것이니까 다른 메일들도 살펴보았다. 강연, 강연, 원고, 고지서, 일정 조정, 고지서, 원고, 고지서, 일정 조정, 강연…. 문득 깨달음이 스쳐갔다. 똑－같－다. 잠시 추억에 잠기려던 내 머리통을 갈긴 것은 '지금과 똑같다'라는 깨달음이었다. 7년 전이면, 그러니까 한참 전인데 어떻게 지금과 똑같은 거지? 새로운 것을 연구하는 게 직업인 것에 비추어볼 때 이것은 말도 안 되는 일이다. 몇몇 사람을 제외하고 나는 7년 전과는 다른 사람들을 만나고 있고 다른 곳에 강연을 가고 다른 잡지에 원고를 쓴다. 다른 기업과 프로젝트를 하고 다른 아나운서들과 인터뷰를 한다. 그런데 왜 똑같다는 생각이 든 것일까? 나이도 더 먹었고 살도 더 쪘고 눈도 더 나빠졌다. 육체가 그렇게 세월의 무게를 증언하는데 왜 변한 게 없고 달라진 게 없다는 생각이 드는 것일까?

그렇다면 10년을 더 훌쩍 뛰어넘어서 20년 전은 어땠지? 첫 책을 내고 신혼이던 시절이다. 아이도 없었고 더 많은 꿈이 있었다. 30년 전은? 대도시인줄 알았던 강릉이 참 작은 도시였구나 하는 감탄을 하며 서울에 올라와 대학생이 되던 시절이다. 개인이나 가족이 아닌 사회라는 존재에 대해 처음 인지했던 것 같다. 40년 전은? 기억도 잘 나지 않지만 지금은 동해항에 수몰된, 당시 삼척군 북평읍 송정리에서 초등학교가 아닌 국민학교를 다니던 시절이다. 바다와 강과 산이 너무나 지척이어서 해지기 전에는 집에 들어가본 적이 별로 없었던 것 같다. 50년 전은? 어머니 뱃속에 있었다. 10년 단위로 돌아보니 똑같다는 느낌은 전혀 나지 않는다. 파란만장까지는 아니지만 우여곡절이 있는 세월들이다.

하지만 지난 10여년은 별로 변한 게 없다. 책을 내고 연구소를 운영하고 강연과 교육, 고만고만한 프로젝트들을 하고 있다. 앞으로도 그럴까? 은퇴하기 전까지 쭉? 그렇다면 꽤나 지루하겠다.

우리가 겪는 시간과 세월은 진행 방향이 앞밖에 없지만 그렇다고 앞만 보면서 쌓을 수는 없는 것이다. 어떻게 살아야할지 결정해가는 선택의 순간마다 우리는 뒤를 돌아다보고 헤아리게 된다. 그대로 쭉 갈지 오다가 눈여겨보았던 옆길로 샐지 고민하는 것이다. 그래서 지금 나는 어쩌다 똑같은 생활 패턴이 10여년이나 유지됐는지 몹시 궁금해하며 답을 찾아보려 하고 있다.

세월은 엄중한 것이다. 40년 전 땅꼬마 시절부터의
경험과 인식들이 허투루 버려진 것이 없다.
아니 사실은 대부분 버려졌지만 어떤 것들이 남아
내 안에 깊게 유산을 남겼다.
현재의 내 선택에는 이미 지나온 세월 속의 수많은 내가 관여하고 있다.

약속이 하나 있었다. 내가 나 스스로에게 한 약속이다. 대략 10여 년 전이었던 것 같다. 『한국인 트렌드』라는 책을 쓴 것은 20년 전이지만 그 약속을 다짐한 것은 그로부터 10년 후였다. 세상의 변화를 읽는 트렌드 연구 이론을 내 손으로 '이 정도면…' 하는 수준까지는 완성시키자는 약속이었다.

내 직업은 변화 연구자이며, 그 일을 위해 한국트렌드연구소라는 작은 조직도 이끌고 있다. 세상은 넓고 관찰할 곳은 많으니 함께 작업할 연구자가 필요했고 연구자들과 함께 일을 하자니 돈이 필요하다. 그래서 비즈니스를 고민하고 마케팅을 기획하며 사람들을 만나고 리포트를 만들고 강연을 다닌다. 지난 10여 년의 세월은 그렇게 쌓여갔던 것이다.

연구소를 시작한 지 몇 년 뒤의 일이다. 어느 날 은퇴한 고위 관리가 운영하는 단체에서 강연 요청이 왔다. 이미 연구를 진행했던 새해 전망에 관한 것이라 편하게 강연을 나갔다. 가서 보니 원래는 다른 강사에게 요청을 했는데 그가 너무 바쁘다며 나를 추천해주었다는 것이다. 그렇다면 더 기쁜 마음이어야 했는데 그렇지 못했다. 그때까지 나는 트렌드 연구는 누구보다 내가 먼저 시작했고 가장 깊게 이론적 연구를 하고 있다고 자부했었다. 그에 비해 나를 소개한 그 강사는 나보다 뒤늦게 트렌드 연구를 시작했음에도 더 유명해졌고 더 많은 비용을 강사료로 청구하며 더 바쁜 사람이 되었다. 어느새 내가 뒤쳐져버린 것이다. 그날 이후 나는 나의 장점인 트렌드 이론 연구를 반드시 학문의 수준까지 올려야겠다고 다짐했다. 이 지루한 반복의 세월에는 그때의 다짐이 한몫을 거들었을 것이다.

아니다. 생각해보니 뭔가 더 앞에 있었던 것 같다. 트렌드 관련 연구자가 될 거라고는 생각도 못했던, 아직 철없던 시절에 한국의 지식세계에 대해 깨달았던 어떤 순간과 관련이 있는 것 같다. 그때 다짐까지는 아니지만 분명 깊게 어떤 생각을 했었다.

대학 수업을 듣던 중에 교수님들이 권해주는 책들을 읽다가 문득 이런 생각이 들었다. 책마다 서문이 붙어 있는데, 그 서문의 말미는 항상 자신의 연구 결과에 대해 부족함을 표현하면서 후학에게 본격적인 연구를 맡긴다는 식으로 끝나는 것이었다. 처음엔 그저 겸손의 인사치레로 생각했다. 그런데 여러 권의 책에서 계속 되풀이 되니까 짜증이 났다. 그러다 외국 학자들의 번역서를 읽었다. 이때가 1980년대 후반이니까 당시엔 번역서가 더 많았던 시절이었다. 그 외국인 저자들은 아무도 후학에게 뭘 미루는 법이 없었다. '나는 (…) 이렇게 생각한다'가 전부였고, 도움을 준 사람들의 이름을 구약성경 창세기의 첫머리처럼 길게 늘어놓을 뿐이었다.

그때 나는 생각했다. 한국의 지식세계 종사자들이 이렇게 늘 후학에게 미루니까, 자신감이 없으니까 한국에서 독창적인 연구나 학문 이론이 잘 나오지 않는 것이다… 언제나 선진국 학자의 입만 바라보는 것이다… 그러니 만약 내가 뭔가를 연구하고 기록하게 된다면 절대로 후학에게 미루지 않아야겠다… 라고.

그 이후 나는 아무리 나의 부족함이 드러나 보여도 속으로만 부끄러워하려고 노력했다. 내가 연구를 해놓으면 그리고 그것이 의미있기만 하다면 후학이란 저절로 생기는 것이고, 부족한 점은 그들이 알아서 비판할 테니 나의 할 일은 비판할 만한 뭔가를 만드는 것이라고 생각했다. 그렇다. 그것이 내가 트렌드 관련 일을 계속하게 만드는 하나의 원인이다. 왜냐하면 지난 10여 년만 해도 여러 권의 책을 냈는데 아직 그 작업을 비판하는 후학들이 별로 없기 때문이다. 후학이 비판할 만한 성과조차 없었던 것이다. 그러니 그 정도가 될 때까지는 계속해야 하는 것 아니겠는가.

아니다. 어쩌면 그보다 훨씬 전 초등학교 때의 일 때문일지도 모르겠다. 나는 초등학교 5학년 때 교사였던 부모님의 전근을 따라 삼척에서 강릉으로 이사를 왔다. 자기들도 강릉 사투리를 쓰면서 내 삼척 사투리를 이상하게 여기는 친구들의 시선도 있었고, 막상 같이 공부해보니 도시 아이들도 별로 다를 게 없다는 생각도 했던 것 같다. 그런데 시골에서 1학년 때부터 알던 친구들과 아무 거리낌 없이 4년을 지내다 새 환경에서 새로운 친구를 사귀자니 뭔가 쉽지만은 않았다. 어릴 때 전학을 다녀본 사람들은 그 기분을 알 것이다. 나만 빼놓고 다들 자신감이 있어 보였다.

그때부터일지도 모르겠다…. 나는 나만 아는 내 안의 중요한 가치와 타인의 평가를 분리하기 시작했다. 물론 강릉에서도 친구들을 사귀었고 특별히 그 문제로 어려움을 겪었던 것은 아니다. 하지만 그런 분리의 시선이 그때 시작된 것만은 틀림없다. 그때부터 나는 남들의 시선 바깥에 숨어서 나만의 자신감을 가지려고 노력했다. 나는 나만 가능한 일을 할 것이고 내일은 오늘보다 나을 것이라는 근거 없는 낙관주의를 오래도록 키워왔다. 아마도 그것이 지금까지 이어진 게 아닐까. 남들과 다른 목표를 세우고 지치지 않고 계속 추진해가는 무모한 성향은 그렇게 오래된 기원을 가지고 있었던 것이다.

이렇게 기억해보니 세월은 무척 엄중한 것이다. 40년 전 땅꼬마 시절부터의 경험과 인식들이 허투루 버려진 것이 없다. 아니 대부분 버려졌지만 어떤 것들은 내 안에 그 흔적과 유산을 깊게 남겼다. 나는 그 세월의 살아있는 화석이다. 현재의 내가 하는 선택에는 세월 속의 수많은 내가 관여하고 있다.

50살의 나는 이제 새로운 질문을 만든다. 오랜 세월이 내 안에 이미 쌓아놓은 것들도 앞으로 바꿀 수 있을까? 겨우 10살짜리가 세상에 대해 갖게 된 의식을 50살까지 유지했다는 것이 한편으로 우습다. 세상과 나를 덜 분리하고 겉으로 부끄러워하면서 타인과 교감하는 삶이 더 멋있어 보인다. 덜 지루할 것 같다. 더 많은 모험을 떠날 수 있을 것 같다. 10살의 나로부터 자유로워지면 50살의 내가 가진 지루함에서 벗어나 지난 10년과 다른 패턴의 삶을 신나게 시작할 것 같다.

하지만 세월은 정말 엄중하다. 나이가 들수록 더 엄중해지겠지. 그러기 전에, 너무 익숙해져서 다른 꿈을 꾸지도 못하기 전에 달라지고 싶다.

어느날나는인도로갔다

함성호_시인, 건축가

어느 날 나는 인도로 갔다. 생이 긴 여행이라면 그때 내가 인도로 간 것도, 지금 여기 살고 있는 것도, 그 긴 여행의 일부일 것이다. 그때는 이미 지나갔으니 어쩔 수 없는 그때고, 지금은, 지금이라고 얘기하면 지나가버린 그때가 되어버리니, 지금 나는 어디서 살고 있는지 모르겠다. 지금 어디서 살고 있는지 모르는데 지나간 그때라고 달랐을 리 없을 테니, 지금 그때를 안다는 것도 믿을 수가 없다. 그저 긴 여행이구나 생각하고 있을 뿐이다.

어느 날 나는 인도로 갔다. 히말라야 산맥을 걸어서 넘었다. 히말라야를 넘으니 거기는 네팔이었다. 나는 길이 20여 미터 남짓한 티베트-네팔 국경을 바라보았다. 다리 밑으로는 폭 좁은 개울이 요동치고 있었다. 중국 비자에 적힌 마지막 날이었다. 엉성한 바리케이트를 넘어서 나는 네팔과 작별했다. 국경은 난장이었다. 장사치들과 곤봉을 휘두르며 사람들을 위협하는 경찰과 구걸하는 사람들, 릭샤꾼들, 먼지가 부옇게 피어오르던 길.

내가 어디 있는지 도무지 알 수 없었다. 갑자기 내 삶이 낯설었다. 그리고 나는 여행자가 된 나를 발견했다. 어디에 사는 누가 아니라, 그곳이 어디든 살아야 하는 누군가가 된 것이다. 오늘 할 일도 없었고, 내일 할 일도 없었다. 오늘 갈 곳도 없고, 내일 갈 곳도 없었다. 적은 돈으로 밥 한 끼 먹을 수 있으면 다행이고, 그마저도 여의치 않을 땐 차 한 잔으로도 만족했다. 우유가 많이 들어간 인도의 차는 요기도 됐다.

후줄근한 책가방에는 양말 세 켤레, 속옷 두 벌, 갈아입을 바지 하나, 책 한 권, 치약과 칫솔, 비누, 수건이 다였다. 빨래는 개울에서 했고, 빨래하는 날이면 옷이 마를 동안 내 몸도 같이 말렸다. 가진 게 없으니, 계획이 없었다. 계획이 없으니 자연히 뭘 하고 싶은 것도 없었고, 먹고 싶은 것도 없어졌다. 눈앞에 있는 것을 먹었지, 뭘 먹고 싶다는 생각이 없었다(본디 먹고 싶은 뭔가를 떠올린 적이 없긴 했다).

도시 안에서는 다 걸어다녔다. 약속도 하지 않았고, 누굴 만나야 하지도 않았기 때문에 시간은 알 필요도 없었다. 그저 밝아졌다 어두워지고, 졸리면 자고 깨면 눈을 떴을 뿐이다. 누군가 찾아오는 일은 있었지만 무슨 뾰족한 용건이 있어서 온 것도 아니었기에 그 또한 아무 일도 아니었다. 단지 그가 움직이는 대로 같이 해주면 그만이었다. 밥을 해먹자면 나는 쌀을 씻든 물을 길어오든 무엇인가를 하고, 그는 솥을 닦든 잡아온 물고기를 손질하든 서로 알아서 무슨 일이든 했다. 그게 즐거웠다. 무미건조한 돌멩이 같은 삶이라고 생각할 수도 있겠지만, 매 순간이 기쁨이었다. 아무것도 하지 않았지만 그때 나는 손가락 끝에서 머리털 하나까지 살아있었다. 긴장으로 어느 한 곳에 집중하면서 살아있는 게 아니라 모든 감각이 저마다의 느낌으로 하나하나 살아있었다.

나는 더 자세히 보았고, 더 자세히 들었다. 가늘게 불어오는 바람의 부드러움, 피부에서 햇빛의 알갱이들이 톡톡 튀어오르는 뽀송한 나른함도 흠뻑 느꼈다. 자세히 보았다는 것은 뚫어지게 보았다는 것이 아니다. 그저 지켜보았다. 아무 의식 없이 지켜보면 모든 것들이 다 들어왔다. 모든 것들이 흐름으로 있는 동시에 가만히 있었다. 아니 가만히 있으면서 흐른다.

어느 날에는 울었다. 본다는 것은 슬프다. 무엇을 보는 것이 아니기 때문에 슬프다. 슬픔은 기쁨과 대립하지 않는다. 슬픔과 기쁨은 다 같이 노여움과 대립한다. 어떤 때 슬픔은 기쁨이고, 기쁨은 슬픔이다. 감각이 열린다는 것은 의식으로부터 감각을 풀어놓는다는 것이다.

나같이 모니터를 보지 않고, 자판을 보며 타자를 치는 독수리 타법으로는 자판을 외우지 못한다. 그런 이들이 가장 곤란할 때가 영문자판만 있든지, 전혀 다른 언어로 된 자판을 이용할 때다. 다행히 한글 변환기가 있으면 그나마 다행이지만, 일일이 자판을 두들기며 남의 자판에 표시를 할 수는 없는 노릇이다. 그럴 때 가장 좋은 방법은 나를 믿는 것이다. 내 손가락의 감각이 자판을 찾아가도록 내 의식을 꺼버리면 된다. 그렇게 완전히 내 의식을 제거한다. 그러면 내 손가락이 저절로 움직인다. 어떻게 이런 일이 일어나는지는 나도 모른다. 그렇지만 그런 일이 일어난다. 감각이 열리는 것이다. 높은 링 안에 공을 던져넣을 때 우리는 안다. 공이 손을 떠날 때 확신이 오는 것이다. 그러나 그 확신은 그 전에 지켜보았기 때문이다. 흐름으로 있는 동시에 가만히 있는, 가만히 있으면서 흐르는 전체를 지켜보았기 때문이다. 의식이 꺼진 순간이다. 그 경험이 공이 손을 벗어날 때 확신으로 오는 것이다. 의식을 꺼버릴 때 감각이 살아난다. 그런데 그렇게 열심히 자판을 두드릴 때 별안간 다시 의식이 켜지고 감각이 닫힐 때가 있다. 빈도수가 자기의 삶을 진정으로 신기하게 생각하는 사람은 드물다.

여행은 자신의 삶을 신기하게 바라볼 수 있는 기회를 준다.

남의 삶을 신기하게 바라보는 사람은 관광을 하는 것이다.

진정한 여행자는 항상 자신의 삶을 살고 자신의 삶을 바라본다.

낮은 글자를 찾을 때다. 그럴 때 우리는 어두운 방에서 불을 켜듯 습관적으로 우리의 의식을 밝혀 해결하려고 한다. 다시 전체가 엉키고 만다.

원래 우리의 감각과 의식이 서로 등을 돌리고 있게끔 되어 있는지는 잘 모르겠지만, 우리의 의식이 논리적인 추론을 통해 문제를 해결하려드는 것만큼은 틀림없다. 논리적 추론에는 시간과 공간이 개입한다. 우리는 3차원의 공간과 거기에 시간을 더한 4차원 시공간에서 살고 있다. 그래서 우리는 시간과 공간을 분리하는 것에 익숙하지 못하다. 캘커타에 있던 사람이 비행기를 타고 방콕을 거쳐 마닐라에서 하룻밤 자고 서울로 들어오는 것에 대해서 우리의 의식은 아무런 문제가 없다고 판단하지만, (만약 그것이 사실이라면) 불과 한 시간 전에 캘커타에 있던 사람이 서울에 나타나면 어리둥절하기 마련이다. 어떻게? 의식 속에서 재빨리 연산장치가 돌아가지만 답을 내지는 못한다. 공간을 이동하는 데 들이는 시간이 서로 어긋나기 때문이다. 여기에는 교통수단의 속도, 그것을 움직이는 사회적 인프라 같은 것들이 함께 고려된다. 그러나 (의식이 꺼진 상태라고 가정하면) 우리의 감각은 아무 모순 없이 그 사실을 받아들일 것이다. 일테면 어린아이를 생각해보자. 어린아이에겐 어디를 거쳐서 왔든, 한 시간만에 왔든, 아무 차이가 없다. 어린 아이의 의식은 의식이 꺼진 상태와 흡사하다. 얼굴을 가렸다 보여주는 깍꿍 놀이에 아이는 신기해한다. 없었던 얼굴이 나타나고, 있었던 얼굴이 없어진다. 아이는 왜 그럴까 생각하지 않고, 그 사실을 순수한 기쁨으로 대한다. 아이가 까르르 웃는다.

어느 날 나는 인도로 갔다. 사실 내가 인도로 간 것은 그렇게 중요하지 않다. 그곳이 러시아든, 미국이든, 핀란드든 어쨌든 그때 내가 인도에서 감각이 열린 경험을 했다는 것이다. 거기에서 시간이 그리 중요하지 않은 생활을 했고, 시간이 사라지면서 내 의식이 까무룩 꺼져버렸고, 온 몸의 감각이 열리는 순수한 기쁨 속에 있었다. 흐름으로 있는 동시에, 가만히 있게 되었다. 이 순수한 기쁨이야말로 삶의 신기다. 아이가 깍꿍 놀이에 기뻐하듯이.

자기의 삶을 진정으로 신기하게 생각하는 사람은 드물다. 여행은 자신의 삶을 신기하게 바라볼 수 있는 기회를 준다. 남의 삶을 신기하게 바라보는 사람은 관광을 하는 것이다. 진정한 여행자는 항상 자신의 삶을 살고 자신의 삶을 바라본다.

언젠가 인도의 남부에서 온 시인으로부터 한국인들은 왜 북인도만 여행하고 돌아가느냐는 질문을 받은 적이 있다. 그 자리에서 나는 불교 유적이 대체로 북인도에 많기 때문일 거라고 대답했다. 하지만 나중에 곰곰이 생각해보니 그것은 히말라야 때문일 거라는 생각이 들었다.

산은 우리의 고향이다. 우리에게 산은 신령하며, 늘 우리를 치유해주는 안식처다. 우리는 산에 오르며 마음의 평정을 찾고 산에 빌며 안녕을 기원한다. 그런 우리에게 있어 히말라야는 산들의 어머니 같이 느껴지는 게 당연하지 않을까?

우리는 산이 보이지 않아도 산을 느낄 줄 안다. 우리가 히말라야 근처에 있든 아니든 인도에 가면 누구나 느끼는 거부감과 평온은 모두 히말라야 때문이라고 나는 생각한다. 그런 히말라야는 서울에도 있고, 일산에도 있다.

만약 스스로가 여행자라면, 거기에는 여행이라는 낯선 장소에 서있는 낯선 자신을 바라보는 낯선 (자신의) 시선이 있을 것이다. 우리가 거기서 무엇을 보고 느꼈든 그것은 모두 우리 안에 있었다. 그것은 한 번도 바깥에서 온 적이 없는, 온전히 자기에게 있던 것이다. 우리가 누군가의 이야기를 듣고 정말 그렇구나, 하고 생각한다면, 그것은 그 사람으로부터 새롭게 얻은 것이 아니라 이미 스스로에게 있었던 것이다. 단지 의식에 의해 가려져 있었던 것뿐이다.

스스로의 안에 없는 것들은 어떤 수를 써도 드러나지 않는다. 그러나 다행하게도 우리 안에 없는 것은 없다. 의식이라는, 시간에 예속된 때를 벗겨내면 거기에 모든 것들이 있었다는 것을 알게 될 것이다. 그런 의미에서 꿈은 잠재된 의식의 발현이 아니라 시간이 사라짐을 경험하는 마당이다. 꿈에는 모순이 없다. 아파트 창문으로 고래가 헤엄치고, 친한 벗이 아들이 되기도 한다. 그것을 모순으로 느끼는 것은 우리의 끈질긴 의식이다.

어쩌면 꿈을 꾼다는 것은 감각을 열기 위한 연습일 것이다. 그것은 인간이 순수한 기쁨으로 완전해질 수 있는 존재라는 증거일지도 모른다. 슬픈 기쁨의 존재, 기쁜 슬픔의 존재가 우리다.

어느 날 나는 인도로 갔다. 아직 돌아오지 않은 내가 히말라야를 넘고 있다. 언제나 나는 저기, 여기에 있다. 영원히 내가 넘어야 할 산들이 여기저기 흩어져 있구나.

단풍은 왜 아름다운가

진우석_여행작가

어쩌다 보니 '걷는 인생'이 되었다. 학창 시절에 홀로 지리산을 종주하며 산에 눈을 떴다. 첫날 노고단을 지나 연하천산장에서 하룻밤을 묵었다. 가져간 음식이라곤 쌀과 고추장이 전부였지만, 팔도의 산꾼들과 어울려 진하게 밥과 술을 나누었다. 비록 산장의 시설은 낙후했어도 훈훈한 사람들의 온기를 느낄 수 있었다.

보통이라면 다음날 장터목산장에서 묵는 게 정상이었다. 하지만 그곳을 지나 천왕봉을 넘었고, 치밭목산장으로 향하다 그만 길을 잃었다. 욕심을 부린 것이 화근이었다. 날은 저물고 탈진하여 길가에서 비박을 했다. 탈수증으로 구토하고, 추위와 무서움에 벌벌 떨며 하룻밤을 보냈다. 간밤에 묵었던 연하천산장의 온기가 뼈에 사무치게 그리웠다.

우여곡절 끝에 지리산을 종주한 후, 잔잔하게 밀려오는 성취감과 쾌감은 아주 특별했다. 산에 대해 까닭 모를 자신감이 생긴 것도 이때였다. 학교를 졸업하고는 등산 전문지에 취직해 우리 땅을 본격적으로 싸돌아다녔다. 그리고 몇 번 히말라야와 파키스탄의 카라코람 등을 다녀왔고, 직장을 그만뒀다. 지금은 프리랜서 여행작가의 길을 걷고 있다.

2013년 10월은 훨훨 날아다녔다. 오대산을 시작으로 설악산, 오대산, 설악산, 지리산, 지리산, 한라산… 산복이 터졌다. 사실 가을이 오는 것이 두려웠다. 점점 떨어지는 체력으로 산행에 자신이 없었던 까닭이다. 그런데 설악산에서 완전 자신감을 되찾았다. 그동안 가보지 못했던 귀때기청봉은 설악산을 새로운 시각에서 보게 해주었다.

귀때기청봉에 서자, 설악이 열렸다. 아아~ 설악의 모든 바위들이 대청봉에 머리를 조아리는 모습, 그 가슴 벅찬 풍경에 전율했다. 문제는 그 다음이다. 지루하지만 비교적 안전한 서북능선을 타고 대승령으로 하산할 것인가, 비경으로 알려진 백운동계곡으로 내려설 것인가. 백운동계곡은 길이 없는 출입금지 구역이다. 후자를 택했다. 설악의 치명적 매력에 넘어간 것이다.

초록 잎, 반쯤 물든 잎, 새빨간 잎, 핏빛 잎, 마른 잎, 썩은 잎….

40대 중반, 나는 어디쯤 왔을까.

찬란하게 빛나고 있다고 말하고 싶지만,

이미 땅에 떨어져 마르고 있을지도 모른다.

백운동계곡은 아름답고 위험했다. 몇 번 물에 빠지고, 사라진 길을 찾으며 울면서 내려왔다. 백운동계곡이 끝나자 단풍이 절정인 수렴동계곡이었다. 어두워지는 수렴동계곡을 내려오면서 설악의 치명적 매력에 치를 떨었다. 헤드랜턴을 켜고 참으로 먼 길을 걸어 백담사 앞에 도착하니 저녁 8시. 백담사로 건너가는 다리에 쭈그리고 앉아, 짐승처럼 웅크린 검은 설악과 그 너머 반짝이는 별들을 오랫동안 바라봤다. 그리고 다짐했다. 다시는 설악의 치명적 유혹에 넘어가지 않으리라.

설악산에서 죽을 고비를 넘겼지만 소득이 있었다. 허벅지에 힘이 붙은 것이다. 그 옛날 지리산 종주를 마친 뒤처럼 까닭 모를 자신감이 밀려왔다. 그 무렵 지리산 원고 청탁이 들어왔다. 일정이 급해 고민하다가 지리산이라 허락했다. 아주 오랜만에 구례구역으로 가는 마지막 기차를 탔다. 학창시절에는 항상 막차를 타고 지리산에 다녔다. 내 옆에 앉았던 술 취한 군인 아저씨들, 할머니들, 아주머니들… 모두 잘 있을까. 내내 설레게 했던 그 아가씨는 시집가서 잘 살고 있겠지. 차창에는 그 옛날 풋풋한 시절의 내 얼굴이 그려져 있었다.

구례구역에 오전 3시 10분에 도착하니, 구례교 앞에 시내버스가 서있었다. 버스는 터미널에서 잠시 쉬었다가 3시 50분에 성삼재로 출발했다. 세상에 이렇게 첫차가 빠른 곳은 없을 것이다. 역시 지리산이다. 새벽 성삼재에는 살을 에는 추위가 덮친다. 헤드랜턴을 켜면 세상의 어둠 앞에 혼자 남겨진 것 같다. 잠시 멈춰서 숨을 고르자 한 무리 산꾼들이 지나간다. 그들의 랜턴이 도깨비불처럼 움직이면서 빛의 터널이 만들어졌다. 어둠을 뚫고 전진하는 모습이 장관이다. 1시간쯤 걸으면 노고단대피소. 허겁지겁 라면을 끓여 배를 채우고, 노고단에 올랐다. 견고한 어둠의 장벽이 서서히 무너지기 시작했고, 노고단고개에 오르자 탄성이 터져나왔다. 운해다. 구름바다를 뚫고 '지리산 엉덩이'로 불리는 반야봉이 우뚝했다. 구름은 자꾸 반야봉을 타고 넘는다. 반야봉 오른쪽으로 천왕봉의 머리가 살짝 보이고, 그 옆으로 붉은빛이 쏟아져 나온다. 시나브로 빛은 어둠을 집어삼켰다.

운해 속에 떠오르는 일출을 바라보며 주르르 눈물이 나왔다. 어머니 지리산은 나를 기억하고 아직도 나를 좋아하고 있었던 것이다. 노고단을 지나 여유 있게 반야봉에 올랐고, 뱀사골까지 향기로운 길을 걸었다. 그날 무려 28킬로미터를 걸었지만 견딜 만했다.

"삼각봉대피소에서 열두시 반에 통제해요. 그때까지 못 올라갈 겁니다." 축복처럼 찾아온 자신감은 한라산에서 절정을 맞았다. 관음사 입구의 관리인은 딱하다는 표정으로 나를 쳐다봤다. 시간은 10시. 2시간 30분 안에 주파해야 했다. 안내판에는 3시간 40분이 걸린다고 적혀 있다. 한라산 정상에 오르려면 입산통제시간 안에 그곳을 통과해야 한다. 신발끈을 조이고 부드러운 흙에 두 개의 스틱을 꽂으며 힘차게 출발했다. 그리고 몇 시간 후에 삼각봉대피소를 바라보며 히히 바보처럼 웃음이 나왔다. 삼각봉대피소를 통과한 시간은 12시 10분. 2시간 10분 만에 주파한 것이다. 덕분에 옛 용진각대피소 일대에서 초록빛 구상나무, 붉은 단풍, 흰 좀고채목이 어우러진 한라산 특유의 단풍 풍광을 마음껏 즐겼다.

사고는 백화점 문화센터 트레킹 인솔 중에 일어났다. 그날 백사실계곡 트레킹은 즐거웠다. 편한 회원들과 함께였고, 단풍은 절정이었다. 식당에서 점심을 앞두고, 한 회원이 내 책에 사인을 받으러 왔다. 나는 입이 귀에 걸렸다. 사인하고 엉거주춤 일어나 그 책을 전달하려는 순간, 허리가 삐끗했다. 그동안 피로가 쌓여 그렇겠지만, 참으로 어이없었다. 그렇게 단풍 시즌을 접었다. 산정의 아름다움을 탐하다가 벌을 받은 것일까.

한동안 누울 수도 앉을 수도 없었다. 일주일쯤 침을 맞으니 비로소 몸이 좀 움직였다. 하루는 날이 너무 좋아 가까운 정릉계곡에 갔다. 어기적어기적 자연관찰로를 걸으며 단풍을 관찰했다. 초록 잎, 반쯤 물든 잎, 새빨간 잎, 핏빛 잎, 마른 잎, 썩은 잎…. 40대 중반, 나는 어디쯤 왔을까. 찬란하게 빛나고 있다고 말하고 싶지만, 이미 땅에 떨어져 마르고 있을지도 모른다.

등산로에 놓인 벤치는 백발노인들이 차지하고 있었다. 몇 사람은 멍하니 지나는 사람들을 쳐다보고, 또 몇 분은 졸고 있었다. 그들 머리 위에 눈부신 단풍나무가 바람에 흔들린다. 산정의 단풍도 아름답지만, 지상의 만추는 처절하게 아름다웠다. 눈부신 단풍처럼 늙고 싶고, 죽고 싶은 인간의 염원이 담겨 있어 그런 건 아닐까.

허리를 다친 덕분에 풍경을 더욱 깊게 바라볼 수 있게 되었다. '모든 풍경은 일생의 단 한 번이다'라는 말이 있다. 풍경뿐이랴. 내가 만나는 대부분 사람들도 일생에 한 번이다. 더욱 열심히 후회 없이 만나고 이야기하고 사랑해야겠다.

사회가 모아 보낸 세월

김연철_통일학자

모르는 것을 아는 것이, 많이 아는 것이다. 공부하는 사람으로, 공자의 이 말을 이해하기까지 시간이 많이 걸렸다. 지나온 길이 짧지 않다. 석사과정에 들어간 것이 1990년이니 그때부터 본격적으로 공부하는 사람이었다고 한다면 25년의 시간이 흐른 셈이다. 더 빨리 올 수도 있었고, 그래서 더 멀리 갈 수도 있었을 텐데 하는 아쉬움이 있다. 그러나 지금은 안다. 가야 할 길과 가지 말아야 할 길을. 혹은 내가 아는 것과 모르는 것을. 그래서 무엇을 어떻게 해야 할지를. 나는 흘러온 세월 동안 무엇을 알고, 무엇을 모르는가?

많은 사람들이 내게 묻는다. 전문가가 되려면 어떻게 해야 합니까? 인생의 지름길은 없다. 누구나 시행착오를 거친다. 밤새워 쓴 원고를 실수로 날려보내고, 기억을 되살리면서 다시 써야 하는 낭패를 겪지 않는다면 얼마나 좋겠는가? 실수는 삶에 따라다니는 핵심 부품이다. 누구나 실수를 한다. 다만 반복하지 않는 것이 좋다.

공부하는 사람으로 나는 세 가지가 중요하다고 생각한다. 첫째는 호기심이다. 모르면 물어라. 우리가 어떤 분야의 대가라고 생각하는 사람들도 모든 걸 다 아는 것이 아니다. 그들은 언제나 모르는 게 나오면 바로 묻는다. 김대중 대통령께서 돌아가시기 몇 년 전의 일이다. 미국의 북한에 대한 경제제재에 관해 내가 쓴 글을 읽으신 모양이다. 만나자는 연락이 왔다. 만난 자리에서 구체적인 행정 절차에 대해 상세하게 질문을 하셨다. 미국의 정책에 관해 얼마나 잘 아시는 분이겠는가. 그러나 구체적인 법과 제도가 궁금하셨기 때문에 젊은 전문가를 부른 것이다.

다른 분들도 마찬가지다. 우리가 아는 아주 저명한 학자들의 공통점은 모르면 묻는다는 것이다. 이름도 없는 학술회의 장소에 조용히 자리를 차지하고 경청하는, 알고 보면 저명한 어르신들이 적지 않다. 나이가 어리든, 처음 본 사이든, 그런 것은 중요하지 않다. 알고 싶기에, 그것을 미리 알고 있는 사람에게 배우는 것이다. 물어본다는 것은 결코 부끄러운 일이 아니다. 일흔이 돼도, 여든이 되어도, 언제나 배우는 분들이 바로 우리 시대의 지성이라고 부르는 분들의 공통점이다. 누구에게나 모르는 것을 물어볼 자신감이 생긴 것은 참으로 다행스러운 일이다.

둘째는 성실함이다. 공부에 끝이 있겠는가. 세월이 흐르면, 아는 것보다 모르는 것이 많아진다. 정신의 성숙과 육체의 쇠락 사이의 엇갈림은 불가피하다. 틈을 메울 수 있는 방법은 시간을 아껴 쓰는 것이다. 번잡한 일상의 삶에서 자신의 시간을 확보하는 노력이 매우 중요하다. 술을 멀리 하고, 잡담을 줄이고, 허례를 배격할 필요가 있다.

셋째는 즐거움이다. 자신이 좋아하는 일을 하면서 생계를 유지하는 것이 얼마나 행복한 일인가. 누군가 공부가 그렇게 재미있느냐고 물어본 적이 있다. 모르는 것을 알았을 때의 희열을, 꼭 맞는 책을 찾았을 때의 두근거림을 말해주었다. 내가 아는 저명한 학자들은 언제나 학문하는 것의 즐거움을 말한다. 예순이 넘어, 젊은이들과 함께 새로운 외국어를 배우는 어르신들을 보면, 참으로 존경스럽다. 플라톤을 원어로 읽기 위해 그리스어를 배우는 어르신은 나에게 흥분된다고 말했다. 활자화된 나의 생각을 마주치는 성취감도 적지 않다.

나는 선배들을 보지만 후배들은 나를 보는 중년의 나이에 접어들면서, 이제야 내가 무엇을 해야 할지를 알 것 같다. 좀더 일찍 알았으면 좋았을 것을 하는 아쉬움도 있다. 그러나 지금까지 오면서 겪었던 경험들이 앞으로 가야 할 길의 나침반이 될 것이다.

나는 통일문제를 연구하는 사람이다. 북한 연구로 시작해서, 남북관계의 역사와 평화 공존을 연구하고 있다. 그리고 앞으로 통일의 길을 제시하고 싶다. 분단의 세월이 길어지면서, 통일문제를 둘러싼 우리 사회의 갈등도 여전하다. 일상의 관계에서도 싸우면 바로 화해하는 것이 좋다. 싸운 상태로 오래 가면, 원래 싸운 이유와 별개로 또 다른 감정의 앙금이 쌓인다.

오랫동안 분단과 통일문제를 연구하면서 새롭게 발견한 것이 화해의 가치다. 화해는 분쟁을 해결하는 과정에서 어쩌면 가장 중요한 덕목이다. 교류나 협력은 적대적 상태에서도 가능하다. 그러나 화해가 없는 협력이 얼마나 가겠는가. 화해가 없는 평화는 얼마나 깨지기 쉬운가. 화해가 없는 통일이 가능하겠는가.

화해란 상처를 치유하는 과정이다. 우리는 전쟁을 치렀다. 남북한이 화해하기 위해서는 전쟁이 남긴 상처를 치유해야 한다. 그런 점에서 1994년 남아프리카 공화국의 만델라 대통령의 취임사를 기억할 필요가 있다. 오랫동안 흑백의 내전을 치루고, 여전히 과거의 정의가 바로 세워지지 못한 상황에서, 슬픔과 분노, 희망과 불안이 교차할 때 만델라 대통령이 강조한 것이 '힐링의 정치'다. 힐링은 단지 위로나 쉼이 아니다. 문제의 원인을 찾아내서 해소하는 것이다. 그래야 힐링이 이루어진다. 그 과정은 결코 달콤하지 않다. 고통이 따른다. 고름을 짜낼 때의 고통 말이다.

그동안 내전의 상처를 딛고, 화해를 이룬 많은 사례들을 공부했다. 남아프리카공화국의 진실과화해위원회, 스페인의 망각협정 그리고 2차 세계대전직후 프랑스와 독일의 협력 같은 사례들은 화해의 내용을 풍부하게 해주었다. 화해의 과정이 갈등을 치유하는 과정이고, 그 과정을 통해 지속가능한 협력의 기회가 열렸고, 서로에게 도움을 주면서 미래를 향해 나아가는 사례들을 보면, 참 부럽다. 역사도 다르고, 문화도 다르고, 체제의 차이도 있기 때문에 다른 사례를 우리에게 무조건 적용하기는 어렵다. 그렇지만 우리 실정에 맞도록 교훈을 찾고 시사점을 발견하는 노력을 게을리 하지 않아야 한다.

다양한 분단국의 사례도 살펴보고 있다. 아일랜드는 평화가 왔지만 여전히 분단국으로 살고 있다. 최근 북아일랜드와 아일랜드 사이의 남북장관급 회의체의 운영은 우리에게 많은 시사점을 준다. 수단의 사례도 흥미롭다. 남수단이 193번째의 국가로 독립했다. 갈등만 부추기는 통일이 아니라 이별을 통해 평화를 모색한 것이다. 물론 헤어졌다고 모든 것이 결별은 아니다. 석유는 남수단에서 생산되지만 그것을 수출하기 위해서는 북수단의 항구를 이용해야 한다. 결국 남수단에서 북수단으로 이어진 송유관이 헤어지지 못하는 그들의 관계를 상징하고 있다. 지중해의 키프로스 사례도 많은 시사점을 준다. 1974년 분단이 되었으니, 벌써 40년이 되었다. 섬을 가로질러 비무장지대가 있고, 그동안 양측 정상회담이 수십 번 열렸다. 교류는 하지만 통일은 쉽지 않은 '평화로운 교착'이 지속되고 있다.

분단의 세월은 그만큼 문제를 복잡하게 했다. 치유의 정치가 필요한데 여전히 증오의 정치가 계속되고 있다. 분단은 중년을 넘어서고 있지만 아직도 성숙과 거리가 멀다. 그래서 나는 쉽지 않다고 생각하는 것이 문제 해결의 출발이라고 본다. 낙관적 의지를 앞세울 일도 아니고, 당위를 강요할 일도 아니다. 조심스럽게 문제의 근원을 찾아 하나하나 치유하는 과정이 필요하다.

오랜 시간이 걸릴 것이다. 중요한 것은 결과가 아니라, 과정이다. 화해도, 평화도 그리고 통일도 어느 날 갑자기 이루어지지 않는다. 사람과 사람의 관계도 마찬가지 아닌가. 갈등은 어디든 존재한다. 중요한 것은 화해하려는 노력이다. 먼저 상대를 인정해

분단의 세월은 그만큼 문제를 복잡하게 했다.
치유의 정치가 필요한데 여전히 증오의 정치가 계속되고 있다.
분단은 중년을 넘어서고 있지만 아직도 성숙과 거리가 멀다.
그래서 나는 쉽지 않다고 생각하는 것이 문제 해결의 출발이라고 본다.

야 한다. 경쟁이든 대립이든 상대의 존재 자체를 인정하지 않으면, 당연히 폭력이 발생한다. 폭력의 후유증은 크다. 폭력으로도 질서를 유지할 수는 있지만 그것은 오래 가지 않는다.

그리고 먼저 다가서야 한다. 상대의 변화를 기다리는 것은 운명을 하늘에 맡기는 것과 같다. 스스로의 힘으로 상황을 통제하고 변화시킬 수 있어야 한다. 그러기 위해서는 내가 먼저 상대에게 다가서야 한다. 대립의 세월이 오래 되고 감정의 골이 깊다면 신뢰를 만드는 것 역시 그만큼 어렵다. 최선의 노력을 다하되 인내심이 있어야 한다.

나이가 들면 여유가 생긴다. 여유는 곧 서두르지 않는 것이다. 모든 것은 다 때가 있기에, 조바심을 내지 않고 억지로 무엇을 하지 않는 것이 중요하다. 현대사회에서 노자가 말하는 무위, 즉 아무것도 하지 않을 수는 없다. 자연의 이치가 통하는 세상이 아니기 때문이다. 그래도 가능하면 자연스러운 것이 제일 좋다. 중요한 것은 때를 놓치지 않는 것이다. 세월이 흐른다고 모든 것이 해결되지 않는다. 나의 노력과 주변 상황의 변화 때문에, 어떤 행동을 해야 할 때가 있다. 그때를 잘 포착하는 것이 중요하다.

나는 우리 민족에게도 그럴 때가 오리라 믿는다. 기회를 포착하기 위해서는 평소에 준비해야 한다. 어떻게 평화를 만들고, 어떤 통일을 이룰지를 생각해야 한다. 중요한 것은 한 사람의 생각이 아니라, 다수의 공감이다. 물론 이 과정에서 서로 다른 생각을 어떻게 조율해 갈 것인지가 매우 중요하다.

우리 사회는 토론을 잘 못한다. 민주주의가 일상에 체화되지 못하고 있다. 토론은 화해의 과정과 같다. 상대의 생각을 존중하는 것이 중요하다. 서로 합의가 되는 부분을 먼저 확인하고, 차이가 있음을 인정해야 한다. 반복적인 토론을 통해 차이를 좁히는 노력이 중요하다. 화해의 과정도 마찬가지로 서로의 공감을 조금씩 넓혀나가는 것이다.

공감을 모아야 하는 이유는 미래의 희망 때문이다. 희망은 살아있다는 증거다. 누구에게나 꿈이 있다. 나이가 든다고 꿈이 왜소해지는 것은 아니다. 물론 나이가 들수록 내가 할 수 있는 것과 내가 하고 싶은 것 사이의 격차를 알게 된다. 그렇다고 포기할 필요는 없다. 미래는 꿈꾸는 자의 것이기 때문이다.

내 꿈은 우리 민족의 통일에 보탬이 되는 것이다. 남북한은 미래를 향해 나아가는 운명공동체다. 분단비용을 줄이고, 통일이 가져올 혜택을 키울 수 있는 방법을 찾아야 한다. 나는 희망을 제시하고 방법을 마련해서 생각의 차이 때문에 발생하는 갈등을 줄이고 싶다. 중요한 것은 상상력이다. 언제부터인가 우리는 섬사람처럼 생각한다. 외국에 가려면 비행기나 배를 타야 한다고 당연히 생각한다. 기차를 타고 또 자가용을 타고 외국여행을 할 수 있음을 잊었다. 우리가 살고 있는 이곳은 섬이 아니다. 그런데 왜 섬사람처럼 생각하는가. 38선이 가로막고 있기 때문이다. 머릿속에 그어진 분단의 선을 걷어내야 한다.

젊은 세대들의 상상력이 이제는 대륙으로 달려가야 한다. 북한이라는 다리를 넘어, 러시아로 중국으로 뻗어가야 우리에게 미래가 있고, 희망이 있다. 우리 모두는 후대에 대한 책임감을 가져야 한다. 절망이 아니라, 희망을 물려주어야 한다. 더 평화롭고, 더 기회가 많고, 더 행복한 삶을 누릴 수 있도록 최선의 노력을 다하고 싶다.

카이로스, 사랑과 우정의 시간

정태식_사회학자

⚜

고대 그리스인들은 크로노스와 카이로스로 시간을 구분하였다. 크로노스(chronos)는 연속되는 양적 시간을 말하며, 예컨대 연대기 (chronology) 등을 나타내는 데 사용하였다. 카이로스(kairos)는 질적 인 시간으로 바로 그때(the right time), 또는 의미가 가득한 시간 (meaningful time) 등을 말하는데, 단지 시간을 흘려보내는 것이 아니라 의미 있고 풍요롭게 시간을 보내고자 하는 그리스인들의 삶의 모습을 보여준 것이라 할 수 있다. 그렇다면 인생에서 어떤 때를 카이로스적인 시간이라고 할 수 있을까. 작게는 개인이 태어날 때나 꿈을 이루었을 때, 또는 무엇인가를 성취하였을 때 등일 것이며, 크게는 문명사적 전환기나 사회·정치적 혁명기 등이 카이로스적인 시간이 될 수 있을 것이다. 그러나 세상의 이 모든 시간은 결국 덧없는 순간, 순간들에 지나지 않는다.

덧없는 이 세상의 시간과 달리 절대적 의미의 시간, 또는 시간 중에서 가장 지고한 가치를 지닌 시간이 있다면 아마도 그것은 영원의 시간일 것이다. '영원'은 끊임없이 이어지는 것이며 또한 변하지 않는 초월성을 나타내는 말이다. 그것은 시간의 한계를 초월하는 보편적 진리의 속성을 지닌다. 우리들 인간의 삶을 초월하여 존재하는 신의 세계에만 있을 법한 시간이 바로 영원인 것이다.

기원전 약 2500년 경 고대 메소포타미아 수메르 왕조의 전설적인 왕 길가메시는 난폭하고 호색적인 폭군이었다. 그러다 가까운 친구의 죽음을 목격하고는 영생을 찾는 여정에 오른다. 헛된 꿈이라는 주변의 비아냥거림과 포기하라는 설득을 뒤로 하고 떠난 여정에서 길가메시는 괴물의 방해를 물리치고 드디어 불멸의 호수에 당도한다. 그는 몸에 커다란 돌을 매달아야 가라앉을 수 있을 정도로 깊은 이 호수의 밑바닥으로 내려가 마침내 불로초인 가시나무를 손에 넣는다. 길가메시는 이 식물을 손에 들고 고국으로 향한다. 그는 불로초에 입도 대지 않았는데 이는 그의 백성과 함께 먹기 위해서였다. 그러나 도중에 날이 너무 더워서 바위에 이 식물을 올려놓고 멱을 감는데 뱀이 다가와서 이 불로초를 먹어 버린다. 가슴을 치며 통곡하던 길가메시는 슬픔을 가득 안고 돌아와 여생을 보내게 된다. 유일하게 그의 슬픔을 달래고 그를 위로하는 것은 이전에 그가 삼나무를 베어다 세운 우르크의 기념비적인 성곽뿐이었다.

비록 길가메시는 영생을 얻는 데 실패했지만 이 신화는 여전히 사람들에게 영생과 영원에 대한 희망의 여지를 준다. 또 다른 영웅이 나타나서 우리에게 불로초를 가져다줄 수도 있다는 기대를 갖게 하는 것이다. 비록 상상의 이야기일 테지만 이 신화는 덧없는 이 세상에서의 삶의 시간이 영원한 삶의 시간으로 이어질 수 있다는 강한 소망을 담고 있다.

이처럼 '영원'이란 인간에게는 꿈으로만 다가온다. 시공간적으로 제한적인 삶을 사는 인간에게는 '영원'이라는 말을 쓸 수 없는 것이다. 하지만 인간의 삶에도 어느 한 순간 '영원'이라는 말이 쓰이는 경우가 있다. 바로 죽음을 맞이할 때다.

종교는 영생(永生)을 이야기하면서 죽음을 정당화하고, 그 죽음을 미화함으로써 죽음을 수용하라고 설득한다. 죽음 이후의 삶이 세상에서의 삶보다 더 아름답고 희망적이라고 가르친다. 망자(亡者)는 망자(望者)가 되어 내세의 영원한 세계로 건너가게 된다는 것이다. 비록 종교의 의미체계로만 가능하지만, 이제 덧없는 시간과 영원한 시간 사이의 단절이 극복된다. 종교가 세상의 유한한 시간과 영원한 시간을 이어주기 때문이다.

그렇다면 살아있는 동안 이 세상에서의 삶의 시간은 정말 헛된 것인가? 또한 그 시간이 담고 있는 의미도 모두 헛될 뿐인가? 과거는 젊음의 생기나 꽃의 화려함처럼 추억 속에서만 기억될 뿐인가? 세상에서의 삶의 의미는 시간이 흐르면서 퇴색할 수밖에 없는 것일까? 시간과 공간의 한계 속에서 존재론적으로 유의미한 삶은 내세를 전제로 하는 의미체계 안에서만 가능한 것인가?

기독교에서 말하는 원죄는 인간이 행위를 통해 저지른 죄(committed sin)를 의미하는 것이 아니다. 원죄란 인간의 실존적 상태(status)를 말하며, 그것은 전지전능(omniscient and omnipotent)하고 무소부재(omnipresent)한 신과 달리 인간이 시간과 공간에 제한되어 있을 뿐만 아니라 능력 또한 제한되어 있다는 것을 말한다. 이러한 처지를 타고난 모든 인간은 실존적으로 원죄의 상태에 놓여 있는 것이다.

창세기에서 말하는 아담과 이브의 낙원으로부터의 추방, 즉 실낙원 이야기는 인간이 원죄의 상태에 이르는 과정을 상징적으로 말해준다. 그리고 또한 인간이 추구해야 할 삶의 궁극적 도달점에 대한 종교적 제안을 신학적으로 해석하게 해준다.

우선 실낙원 이야기는 신의 세계로부터 추방된 인간을 보여주기에 곧 영원의 세계 또는 영원한 시간으로부터의 단절을 나타낸다. 신의 세계로부터 추방되었기에 인간은 영원한 신으로부터 분리되고(detached) 소외된(alienated) 불완전한 상태에 빠지게 된다. 신학자 폴 틸리히는 원죄를 소외(estrangement)라고 하였다. 즉 원죄란 인간이 신에게서 멀어진 상태인 것이다. 한편 이 세상에서 다른 사람에게 행하는 부정적인 행위 또한 인간 사이의 소외를 불어오는 것이기에 또 다른 형태의 죄다.

인간이 원죄를 극복하려면 다시 에덴동산으로 돌아가야 한다. 이것은 본래의 아담과 이브의 상태가 되는 것으로 소외를 극복하고 다시 신과 합일(reunion)하는 것이다. 그러나 인간이 돌아가야 할 아담과 이브의 상태는 본래 '꿈꾸는 천진난만(dreaming innocence)'의 미완성 상태에 지나지 않는다. 따라서 자신이 벌거벗은 것을 부끄러워하지 않는 '유치한(childish)' 상태로의 복귀는 불완전한 복귀에 지나지 않는다. 성서에서 예수가 '어린이와 같이(childlike)' 되라고 할 때 어린이의 상태란 유치한 상태를 의미하는 것이 아니다. 그것은 실존의 세계를 경험하고 돌아온 완성의 상태를 말한다. 이처럼 실낙원 사건은 인간이 에덴동산에서 추방되어 실존적인 세상의 나락으로 떨어졌음을 상징적으로 보여준다.

찰나가 모여 순간이 되고, 순간이 모여 시간이 되며,
시간이 모여 영원으로 이어진다.
비록 순간적일지라도 다른 사람과의 합일을 끊임없이
경험하는 것이 중요하다.

그러나 실존의 상태는 기회의 장이다. 유치함에서 벗어나 어린이와 같은 상태가 될 수 있는 기회가 주어진 것으로, 삶의 완성 (fulfillment of life)을 향해 맹렬히 치달아야 할 터전이다. 따라서 실존을 거쳐 에덴동산으로 돌아가는 인간은 실낙원 이전의 인간과 다르다. 불교에서도 도를 깨우치기 위해 입산하기 전의 "산은 산이고 물은 물이다"라는 긍정과 도를 깨우친 후 다시 되뇌는 "산은 산이고 물은 물이다"라는 긍정은 본질적으로 다르다고 이야기한다. 도를 닦으면서 "산은 산이 아니고 물은 물이 아니다"라는 총체적인 부정을 경험했기 때문이다.

폴 틸리히는 종교적인 무아지경(religious ecstasy)과 성적인 무아지경(sexual ecstasy)을 동일시하였다. 황홀한 상태의 무아지경은 망아(忘我)의 상태를 말한다. 신과 합일하는 순간 나는 없어지고 실낙원 이전의 아담과 이브의 상태로 돌아가는 것이다. 그러나 이 세상에서 신과의 합일을 경험할 수 있을까? 물론 종교적 체험으로 합일이 표현되기도 한다. 하지만 실존적인 차원에서 신과의 합일은 불가능하거나 가능하더라도 설명할 수가 없을 것이다.

이때 우리가 할 수 있는 것은 수평적인 만남을 통해 수직적인 만남을 경험하는 것이다. 경천애인(敬天愛人)을 "사람을 섬김으로써 신을 섬긴다(Serving God by serving others)"라는 언명과 동일시한다면 이 세상에서 우리가 신과의 합일을 경험할 수 있는 것은 다른 사람과의 합일을 통해서일 것이다.

그런데 무아지경에 이를 정도로 타인과의 합일이 가능할까? 틸리히가 종교적 무아지경과 성적 무아지경을 동일시한 것은 성적 결합의 순간 남녀가 몸은 물론 마음의 완전한 합일을 경험할 수 있다고 생각했기 때문일 것이다. 물론 이것은 베버가 비판한, 가슴이 없는 관능(sensuality without heart)의 만족을 위한 성적 결합을 말하는 것이 아니다. 몸과 마음이 하나가 된다는 것은 벌거벗은 상태를 부끄러워하지 않는 아담과 이브의 상태로 복귀하는 것이다. 부부간의 성적 결합은 온전한 합일로서 종교적 무아지경에 상응하는 성적 결합의 전형이다. 따라서 인간에게 있어 신과의 재결합이 구원이라면, 몸과 마음의 완전한 성적 결합을 통해 무아지경에 도달하는 것은 바로 이 현실 세상에서 구원을 맛보는 것이다.

중요한 것은 타인과의 합일이 반드시 성적인 관계를 통해서만 이루어지는 것은 아니라는 점이다. 우정을 나누는 친구와 의기투합하는 순간에도 합일이 이루어질 수 있다. 하지만 인간의 합일은 영원하지 못하다. 틸리히는 "사랑의 완성은 사랑은 종말이다 (Fulfillment of love is the end of love)"라고 하였다. 사랑을 합일이라고 한다면 합일의 전제조건은 분리(separation) 또는 소외(estrangement)의 상태다. 그러나 합일이 이루어지는 순간 인간은 그 전제조건인 분리의 상태를 상실하게 된다. 인간의 조건인 분리(이를 원죄라고 한다)의 상태를 상실하는 순간 사랑의 전제조건이 상실되기에 그 사랑은 더 이상 사랑이 아니게 되는 것이다. 쉽게 말하면 인간은 영원한 사랑을 할 수 없는 것이다. 성적 무아지경도 일순간이고 친구와의 의기투합도 일시적이다. 따라서 인간이 경험할 수 있는 다른 사람과의 합일은 순간적인 합일일 뿐이다. 이를 순간적인 구원(momentary salvation)이라고 말할 수 있다. 인간이 이 세상에서 맛볼 수 있는 것은 바로 이 순간의 구원뿐이다.

그러나 찰나가 모여 순간이 되고, 순간이 모여 시간이 되며, 시간이 모여 영원으로 이어진다. 그런 의미에서 이 세상에서 비록 순간적일지라도 다른 사람과의 합일을 끊임없이 경험하는 것이 중요하다. 이를 통해 이 세상에서 천국을 지속적으로 경험하는 것이다. 이 세상에서 매이면 천국에서도 매일 것이며, 이 세상에서 천국을 맛보지 못하면 하늘에서도 천국을 맛보지 못한다고 하지 않았던가.

　사랑과 우정, 연대… 그렇게 우리는 다른 사람과의 합일의 관계를 통해 구원받기를 희구한다. 이 세상의 시간과 영원한 시간을 이어주는, 카이로스적으로 완성된 삶의 순간은 그때 당도할 것이다.

지은이 소개

이영만 1953년생, 언론인, 현 헤럴드미디어 대표

인천에서 송도 중·고등학교를 다녔다. 기자가 되기로 결심한 것은 고3 때였다. 왜 그 길을 선택했는지는 확실히 기억하지 못하지만 기자를 현대판 암행어사쯤으로 생각했던 것 같다. 기자의 꿈을 이루기 위해 성균관대 신문방송학과에 입학했다. 졸업 후 몇 차례 실패 끝에 신문기자가 되었으나 입사 3년 만인 1980년 전두환 군사정권의 언론사 통폐합 조치로 강제해직 당했다. 1986년《경향신문》에 입사, 체육부 기자로 현장을 뛰면서 필명을 날렸다. 이후 매거진X 기획취재부장, 출판본부장, 편집국장을 거쳐 대표이사 사장을 역임했다. 현재 헤럴드미디어 대표로 재직 중이며 틈틈이 독학으로 익힌 그림과 글씨, 목공을 수련하고 있다.

지은 책으로는 『인생의 고비에서 망설이게 되는 것들』 『오래 사는 병, 당뇨』 『김응용의 힘: 이 남자가 이기는 법』 『뜨락일기』 『벼랑 끝에 서면 길이 보인다』 등이 있고, 함께 지은 책으로는 『잃어버린 시절을 찾아서』가 있다.

김운경 1954년생, 드라마 작가

부산에서 태어났다. 서울예술대학 문예창작과를 졸업한 뒤 1981년 KBS 드라마 〈전설의 고향〉으로 데뷔했다. 〈포도대장〉 〈형사〉 〈한지붕 세가족〉 〈회전목마〉 〈서울 뚝배기〉 〈형〉 〈나 좀 봅시

다 〈서울의 달〉 〈옥이이모〉 〈파랑새는 있다〉 〈흐린 날에 쓴 편지〉 〈도둑의 딸〉 〈죽도록 사랑해〉 〈황금사과〉 〈돌아온 뚝배기〉 〈짝패〉 등의 드라마 대본을 썼다. 인물들의 외형적인 성공이나 화려함 대신 내면의 고통을 그리는 데 관심이 많으며, 시대에 맞는 캐릭터를 현실적으로 표현하는 데 강한 작가로 평가받는다. "드라마는 쌀집 아저씨랑 콩나물 파는 아줌마랑 연애하는 거야"라는 지론에서 알 수 있듯 서민드라마의 형식 안에 인간의 희로애락을 담는 것에 관심이 많다. 지은 책으로는 TV 단편극 대본을 모은 『낮에도 별은 뜬다』가 있다.

김성근 1942년생, 야구인, 현 고양원더스 감독

일본 교토에서 태어났다. 일본 가쓰라 고등학교에서 투수로서 선수 생활을 시작하였고 재일교포 학생야구단, 동아대, 교통부, 기업은행 등에서 선수 활동을 했다. 1969년 마산상고 감독을 시작으로 지도자의 길을 걷기 시작했다. 1982년 OB 베어스 코치로 프로야구계에 발을 담그면서 1984년부터 OB 베어스, 태평양 돌핀스, 삼성 라이온즈, 쌍방울 레이더스, LG 트윈스, SK 와이번스 감독직을 수행하였다. 현재는 독립구단인 고양원더스의 감독으로 있으면서 새로운 야구 재능들을 발굴해 필요한 곳에 제공하는 것을 목표로 삼고 있다.

주요 기록으로는 2002 한국시리즈 준우승(LG 트윈스), 2007, 2008 한국시리즈 2연패(SK 와이번스), 2008년 9월 프로야구 통산 두 번째 1천승 달성, 2009년 5월 프로야구 통산 두 번째 2천 경기 출장, 2002 한국시리즈 준우승(SK 와이번스), 2010 한국시리즈 우승(SK 와이번스) 등이 있다.

지은 책으로는 『리더는 사람을 버리지 않는다』 『김성근이다』 『야신 김성근, 꼴찌를 일등으로』 등이 있고, 김인식 감독 등과 함께 쓴 책으로 『감독이란 무엇인가』가 있다.

권태호 1966년생, 기자

대구에서 나고 자랐다. 성균관대 정치외교학과를 졸업하고 같은 과 대학원을 수료했다. 1993년 한겨레신문사에 입사 후 《한겨레》 사회부에서 초년 기자 시절을 거친 후 《한겨레21》 《한겨레》 경제부, 정치부 등에서 기자로 일하였다. 워싱턴 특파원, 정치부 정치팀장 등을 거쳐 2013년 3월부

터 콘텐츠기획부장을 맡고 있다.

김봉석 1966년생, 문화평론가

《시네필》《씨네21》《한겨레》 등의 잡지와 신문에서 기자로 일했고, 영화사나 출판사에서 기획 일을 하기도 했다. 잡지 《판타스틱》《팝툰》의 편집위원을 맡았고 역시 문화잡지 《me》와 《Brut》의 편집장을 맡았다. 영화, 만화, 애니메이션, 드라마, J-pop 등 일본 대중문화를 지속적으로 즐기면서 《한겨레》《중앙일보》 등의 일간지에 TV 비평, 대중음악 비평과 영화음악 칼럼을 써오고 있다. 그리고 YES24 '채널 예스'에 만화 비평, 《씨네21》에 문화 비평 등 다양한 대중문화 분야의 글들을 쓰고 있으며, 스릴러, 미스터리, 공포, SF 등 대중문학의 해설을 쓰고 책을 엮는 등의 출판 활동도 하고 있다.

지은 책으로는 『공상이상 직업의 세계』『하드보일드는 나의 힘』『전방위 글쓰기』『컬처 트렌드를 읽는 즐거움』 등이 있고, 함께 지은 책으로는 『시네마 수학』『좀비사전』『도쿄를 알면 일본어가 보인다』『호러영화』『웃기는 레볼루션』『18금의 세계』『클릭! 일본문화』 등이 있다.

김교빈 1953년생, 철학자, 현 호서대 교수

서울에서 태어나 성균관대 유학과를 졸업한 뒤, 같은 학교 대학원 동양철학과에서 박사학위를 받았다. 한국철학사상연구회와 인문콘텐츠학회 회장, 학술단체협의회 상임대표, 교수신문 편집기획위원을 역임했다. 현재 호서대학교 문화기획학과 교수 및 예체능대학 학장으로 있고 민족의학연구원 원장, 학술단체협의회 공동대표로 있다. 여러 저서와 강연 활동을 통해 한국철학, 동양철학의 대중화에 기여하고 있다.

지은 책으로는 『이언적』『한국철학 에세이』『하곡 정제두』가 있고, 함께 지은 책으로 『유학, 시대와 통하다』『함께 읽는 동양철학』『동양의 고전을 읽는다』『동양철학 에세이』『강좌 한국철학』『기학의 모험』『동양철학과 한의학』 등이 있다. 또 함께 옮긴 책으로 『중국 고대의 논리』『중국 고대철학의 세계』『중국 의학과 철학』『기의 철학』 등이 있다.

강신익 1957년생, 인문의학자, 현 부산대 의대 교수
경기도 안양에서 나고 자라면서 전형적인 농촌에서 도시로 변해가는 삶의 터전을 온몸으로 느끼고 살았다. 치과대학을 졸업하고 15년간 치과 의사로 일했다. 마흔이 되던 해에 영국으로 건너가 2년간 머물면서 의학과 관련된 철학과 역사를 공부했다. 2000년부터 일산백병원 치과 과장으로 일하면서 인제대에서 의과대학생을 대상으로 의료인문학을 가르쳤고, 2004년부터는 환자 진료에서 손을 떼고 인문의학교실을 개설해 전임 교수가 되었다. 인제대학교 인문의학연구소 소장직을 거쳐 현재는 부산대 치의학전문대학원 의료인문학 교실 교수를 맡고 있다. 추상적 지식보다는 일상적 삶에 봉사하는 의학을 지향한다.

지은 책으로는 『불량 유전자는 왜 살아남았을까?』 『몸의 역사』 『몸의 역사 몸의 문화』 등이 있으며, 함께 지은 책으로는 『의대담』 『과학철학』 『치료를 논하다』 『찰스 다윈 한국의 학자를 만나다』 『몸, 마음공부의 기반인가 장애인가』 『생명, 인간의 경계를 묻다』 『의학 오디세이』 등이 있다. 옮긴 책으로는 『공해병과 인간생태학』 『사회와 치의학』 『환자와 의사의 인간학』 『고통받는 환자와 인간에게서 멀어진 의사를 위하여』 등이 있다.

김욱 1930년생, 번역가, 작가
서울대 신문대학원에서 공부한 후 《서울신문》 《경향신문》 《조선일보》 《중앙일보》 등에서 30여 년간 기자로 일했다. 이후 한국생산성본부 출판기획위원으로서 10년 간 기획과 집필, 번역을 전담하였으며, 한국생산성본부 간행 월간지 《기업 경영》에 일반 사원 및 중간 관리자의 자질 향상을 위한 기획 기사를 집필했다. 또한 칼럼니스트로서 현대, 삼성, 농심, 대우, 코오롱, 제일제당 등 기업 홍보지에 칼럼을 집필하기도 했다. 현재는 문학, 역사, 철학에 대한 깊은 애정을 가지고 다양한 분야의 책을 탐독하며 사유의 폭을 넓히는 한편 활발한 저술 활동과 번역 작업을 바쁘게 넘나들고 있다.

지은 책으로는 『난세에는 영웅전을 읽어라』 『폭주 노년』 『탈무드에서 마크 저커버그까지』 『그들의 말에는 특별함이 있다』 등이 있으며, 옮긴 책으로는 『메이난 제작소 이야기』 『나이듦의 지혜』

『눈의 아이』『푸른 묘점』『미스터리의 계보』『지적으로 나이 드는 법』『여행의 순간들』『지로 이야기』『황천의 개』『동양기행』『노던라이츠』『여행하는 나무』『데르수 우잘라』『니체의 숲으로 가다』『이상한 회사』 등이 있다.

조재룡 1967년생, 문학평론가, 현 고려대 교수

성균관대학교 불어불문학과를 졸업하고 프랑스 파리8대학에서 박사학위를 받았다. 서울대학교 한국문화연구소와 성균관대학교 인문과학연구소, 고려대학교 번역과 레토릭 연구소 연구원으로 재직하였고, 현재 고려대학교 불어불문학과 교수로 재직중이다. 2003년《비평》지에 문학평론을 발표하면서 문학비평가로도 활동중이며, 시학과 번역학, 프랑스와 한국 문학에 관한 다수의 논문과 평론을 집필하였다.

지은 책으로는 『앙리 메쇼닉과 현대비평: 시학·번역·주체』『번역의 유령들』이 있으며, 함께 지은 책으로는 『번역시의 운율』이 있다. 옮긴 책으로는 『잠자는 남자』『세잔』『모네』『천일야화』『리듬의 시학을 위하여』『달리의 연인 갈라』『시학 입문』『스테파니의 비밀노트』『사랑예찬』『행복의 역사』 등이 있다.

오귀환 1954년생, 언론인

서울고등학교와 서울대학교 정치학과를 졸업했다. 1982년《조선일보》기자를 거쳐《한겨레》와《한겨레21》의 편집장, 정치부장, 편집국장, 이사 등을 역임했다. 1997년 북한이 식량난으로 고통받고 있을 때《한겨레》의 '북녘동포 돕기 캠페인'을 주도해 한국기자협회, 전국언론노동조합연합, 한국PD연합회가 공동으로 시상하는 통일언론상을 수상했으며, IMF 사태 직후 '실업극복캠페인' 신문부문 지원활동을 주도해 노동부장관 감사패를 받았다.

지은 책으로는 『체 게바라, 인간의 존엄을 묻다』『사마천, 애덤 스미스의 뺨을 치다』 등이 있으며, 함께 지은 책으로는 『한 권으로 읽는 세계사』『마흔살의 승부수』『21세기를 바꾸는 상상력』 등이 있다. 옮긴 책으로는 『더 뉴스: 아시아를 읽는 결정적 사건 9』이 있다.

이철회 1964년생, 정치평론가, 현 두문정치전략연구소장

고려대학교에서 학사·석사학위를 받았다. 첫 직업인 의원 비서관 시절 국회의원을 비롯해 우리 사회의 성공한 사람 곁에는 언제나 어드바이스 파트너(advice partner)가 있다는 사실을 처음 깨달았다. 청와대, 국회 등을 거쳐 노무현 선본과 인수위원회에서 일했다. 여러 이력을 거치는 동안 역사 속에서 성패를 좌우한 어드바이스 파트너의 사례를 집중적으로 공부하고, 고민했다. 김구라, 강용석과 함께 진행하는 〈썰전〉(JTBC)에 출연해 시사토크의 새로운 지평을 열었다. 〈이철회의 이쑤시개〉란 팟 캐스트를 진행하는 한편 〈시사 게이트〉(한겨레TV), 〈신문 이야기 돌직구쇼〉(채널A)에 고정 패널로 나온다. 현재 한국사회여론연구소(KSOI) 수석 애널리스트 및 두문정치전략연구소장으로 있다.

지은 책으로는 『1인자를 만든 참모들』『무엇을 어떻게 할 것인가』『이기는 정치 소통의 리더십』『1인자를 만든 참모들』(개정판)『어드바이스 파트너』『디브리핑』등이 있고, 함께 지은 책으로는 『바꿔야 이긴다』『불량 사회와 그 적들』『박근혜 현상』등이 있다.

함규진 1969년생, 인문학자, 현 서울교대 교수

서울에서 태어났다. 처음 대학에 갔을 때는 법학을 희망했었다. 당시 교수에게 "학문을 시작하는 입장에서 기초적인 교양과 지식을 쌓으려면 어떤 책부터 읽으면 좋을까요?"라고 묻자 "법대에 들어왔으면 사법고시에 필요한 책만 봐라"는 대답을 들었다. 그 뒤 대학과 학과를 바꿔, 다시 성균관대에 행정학과 학생으로 들어가 정외과에서 석박사 과정을 마쳤다. 성균관대학교 국가경영전략연구소 연구원을 거쳐 현재 서울교대 윤리교육과 교수로 재직 중이다.

지은 책으로는 『10대와 통하는 윤리학』『정약용』『선조 나는 이렇게 본다』『근대화를 꿈꾼 고종 황제』『왕의 밥상』『김구 전태일 박종철이 들려주는 현대사 이야기』『108가지 결정』『왕의 투쟁』『세상을 움직인 명문vs명문』『역사법정』등이 있고, 함께 지은 책으로는 『만약에 한국사』『난세에 간신 춤춘다: 한국사 간신열전』등이 있다. 옮긴 책으로는 『기원』『레너드 번스타인』『의심에 대한 옹호』『물에 빠진 아이 구하기』『그린칼라 이코노미』『유동하는 공포』『죽음의 밥상』『마키아벨리』『팔레스타인』『히틀러는 왜 세계정복에 실패했는가』등이 있다.

신주영 1969년생, 변호사

부산에서 나고 자랐다. 서울대학교 법과대학을 졸업하고 1998년 사법시험에 합격했다. 사법연수원 수료 후 법무법인 오세오에서 근무했으며 2002년부터 좋은합동법률사무소 구성원으로 합류, 현재 13년차 변호사로 활동하고 있다. 양민웅 미국변호사(법무법인 태평양 근무)와 결혼해 세빈, 이건, 이연, 이준 등 네 아이의 엄마가 되었다. 늘 글을 가까이하며 변호사로서 그리고 엄마로서 바쁜 나날을 보내고 있다.

지은 책으로는 『세빈아, 오늘은 어떤 법을 만났니 : 변호사 엄마가 딸에게 들려주는 법과 사회 이야기』 『법정의 고수』 등이 있다.

김수동 1933년생, 방송인

서울에서 나고 자랐다. 한국전쟁 중인 1951년부터 일본 특파원이었던 아버지를 따라 13년 동안 일본에 체류했다. 일본에서 고등학교와 대학을 졸업하고, 1959년 다이에이영화사에 조연출로 입사했다. 일본의 명감독 오즈 야스지로 감독의 〈부초〉(1959)에 참여하면서 연출수업을 했다. 또한 마스무라 야스조, 요시무라 코사부로, 미스미 겐지 등의 작품에 참여하면서 영상과 이야기에 대한 감각을 익혔다. 1964년 한국으로 돌아와 영화감독으로 〈만가〉〈마지막 요일〉〈여왕벌〉〈단발머리〉〈죽어도 한은 없다〉〈딸〉〈밤나비〉〈비가〉 등의 영화를 연출했다. 1972년부터 영화를 그만두고 KBS-TV의 프로듀서로서 텔레비전 드라마 연출에 전념했다. 이후 드라마국 국장까지 지냈다. 주요 작품으로는 정책프로그램으로서 유례없이 높은 시청률을 기록했던 〈꽃피는 팔도강산〉 등이 있다. 주요 수상경력으로 1978년 〈까치야 까치야〉로 백상예술대상 TV 부문 연출상을 수상했으며, 1981년 〈옛날 나 어릴 적에〉, 1987년 〈KBS 드라마게임〉 등으로 같은 상을 수상했다.

박창희 1961년생, 언론인, 현 국제신문 편집부국장

경남 창녕 출생으로 부산대학교 영문학과를 졸업했다. 《국제신문》 편집부장, 기획특집부장, 문화부장, 기획탐사부장 등으로 일했고 현재 편집부국장을 맡고 있다. 주로 지역의 문화유산, 되살려야 할 가치, '오래된 미래'의 의미를 천착하는 기획기사를 많이 썼다. 부산시 상수도사업본부 수돗물평가위원, 부산콘텐츠마켓 집행위원, 환경단체인 '습지와 새들의 친구' 자문위원, 걷기 전문 단체인 ㈔걷고싶은 부산 이사, ㈔부산스토리텔링협의회 상임이사 등의 활동도 겸하고 있다. 2008년 '부산대개조-도시국가를 향하여' 기획 시리즈로 제12회 일경언론상을 받았고, 지금까지 한국언론재단과 한국기자협회가 시행하는 이달의 기자상을 4차례 수상했다.

지은 책으로는 『영남대로 스토리텔링』 『을숙도, 거대한 상실』 『나루와 다리』 『나루를 찾아서』 『살아있는 가야사 이야기』 『낙동강을 따라가보자』 『천리벌판 적시는 강』 등이 있고, 함께 지은 책으로는 『부산 걷기여행』 『부산 독립선언』 등이 있다.

김경훈 1965년생, 트렌드 분석가, 현 한국트렌드연구소장

자칭타칭 '미래에서 온 남자'. 서울대학교 경영학과를 졸업하였다. 국내 트렌드 연구의 최초 포문을 연 '한국트렌드연구소'의 소장으로 1994년 국내 최초의 트렌드 분석서 『한국인 트렌드』를 발표한 이후 『트렌드 워칭』 『대한민국 욕망의 지도』 등을 내놓으며 트렌드 연구를 선도해왔다. 대학 시절부터 전공과 무관한 문학연구회 활동을 하는 한편, 대학들 간의 연합 문학동아리를 창설하면서 문화운동에 적극적으로 가담했다. 우리 문화에 대한 꾸준한 관심과 해박한 지식을 바탕으로 출판기획가로서도 활동하고 있다. 『한국인 트렌드』로 전경련에서 주는 자유경제출판문화상을 수상했다.

그 외 지은 책으로는 『비즈니스의 99%는 예측이다』 『거품청년 스마트 에이전트로 살아남다』 『우리 문화 영어로 표현하기』 『뜻밖의 한국사』 『뜻밖의 음식사』 『상상 밖의 역사 우리 풍속 엿보기』 『세상을 바꾼 경제학』 등이 있다.

함성호 1963년생, 시인, 건축가

강원도 속초에서 태어나 강원대 건축과를 졸업했다. 1990년 계간 《문학과사회》 여름호에 '비와 바람 속에서' 외 3편을 발표하면서 시단에 나왔다. 2001년 제2회 현대시 작품상을 수상했다. '21세

기 전망' 동인, 웹진 《PENCIL》, 계간 《문학 판》 편집위원이기도 하다. 최근에는 만화비평도 하고 있다. 1991년 건축 전문지 《공간》에 건축평론이 당선되어 건축평론가로도 활동하고 있으며, 건축 설계 사무소 EON을 운영하고 있다.

지은 책으로는 『아무것도 하지 않는 즐거움』 『반하는 건축』 『철학으로 읽는 옛집』 『당신을 위해 지은 집』 『키르티무카』 『건축의 스트레스』 『만화당 인생』 『너무 아름다운 병』 『56억 7천만 년의 고독』 『허무의 기록』 『성 타즈마할』 『산골아이들』 등이 있고, 함께 지은 책으로는 『텃밭정원 도시미학』 『지금 이 길의 아름다움』 『길 위의 인문학』 『낯선 땅에 홀리다』 등이 있다.

진우석 1970년생, 여행작가

어느덧 산행 20년이 넘는 베테랑 산악인이자 트레일·트레킹·등산 전문 여행작가다. 학창시절 홀로 지리산을 종주하며 우리 국토에 눈떴고, 등산 전문 잡지사에 근무하면서 전국 산천을 싸돌아다녔다. 문득 히말라야가 보고 싶어 직장을 그만뒀고, 안나푸르나 트레킹 중에 걷는 것이 가장 큰 행복임을 깨달았다. 월간 《산》과 《아웃도어》 등에 글을 쓰고 책을 기획한다. 한국여행작가협회 아웃도어 분과의 대장을 맡는 등 사람들과 함께 좋은 산길을 타는 것에 대해서도 적극적이다.

지은 책으로는 『사계절 주말마다 떠나는 걷기 좋은 산길 55』 『이번 주에 오르고 싶은 산』 『파키스탄: 카라코람 하이웨이 걷기 여행』 등이 있고, 함께 지은 책으로 『대한민국 3대 트레일: 제주도 올레길, 북한산 둘레길, 지리산 둘레길』이 있다. 엮은 책으로는 안나푸르나 등정 후 하산 중에 실종된 산악인 지현옥의 기록을 담은 『안나푸르나의 꿈』이 있다.

김연철 1964년생, 통일학자, 현 인제대 교수

강원도 동해시에서 태어났다. 북한의 산업화 과정을 분석해 '수령제'라고 하는 매우 독특한 정치체제를 갖게 된 기원을 밝힌 논문으로 성균관대학교에서 정치학 박사학위를 받았다. 이후 다양한 분야에서 경험을 쌓았다. 재계(삼성경제연구소 북한연구팀)에서는 현장에서 진행되는 대북 사업을 경험했고, 학계(고려대학교 아세아문제연구소)에서는 사회주의 국가들의 경제정책을 비교하는 연구를 했다. 관계(통일부 장관 정책보좌관)에서는 북핵 문제와 남북회담을 다뤘다. 한겨레평화연구소의 초대 소장을 맡았으며 현재는 코리아연구원장 및 인제대 통일학부 교수로 있다. 여전히 남북한 문제를 둘러싼 사회적 논의를 심화, 확장시키고자 노력을 경주하고 있다.

지은 책으로는 『냉전의 추억』 『북한의 산업화와 경제개혁』, 함께 지은 책으로는 『만약에 한국사』 『북한, 어디로 가는가?』 『북한의 정보통신기술』 『북한 경제개혁 연구』 『남북경협 가이드 라인』 등이 있다. 함께 옮긴 책으로는 『실패한 외교』 『북조선 탄생』 등이 있다.

정태식 1956년생, 사회학자, 현 경북대 교수

미국 뉴스쿨 대학교 대학원에서 정치종교사회학 전공으로 박사학위를 받았다. 현재 경북대 강의교수로 재직 중이다.

지은 책으로는 『카이로스와 텔로스: 정치·종교·사회의 사상사적 의미체계』가 있고, 함께 옮긴 책으로는 『아메리칸 그레이스: 종교는 어떻게 사회를 분열시키고 통합하는가』 『현대 세속화 이론』 등이 있다.

세월은 흐르는 것이 아니라 쌓이는 것이다

초판 1쇄 발행 2014년 1월 15일

지 은 이 이영만, 김운경, 김성근, 권태호, 김봉석, 김교빈, 강신익, 김욱, 조재룡, 오귀환, 이철희,
          함규진, 신주영, 김수동, 박창희, 김경훈, 함성호, 진우석, 김연철, 정태식

펴 낸 이 최용범
펴 낸 곳 페이퍼로드
출판등록 제10-2427호(2002년 8월 7일)
          서울시 마포구 연남동 563-10번지 2층

책임편집 진용주
편   집 김정주, 양현경
마 케 팅 윤성환
관   리 임필교
디 자 인 장원석

이 메 일 book@paperroad.net
홈페이지 www.paperroad.net
커뮤니티 blog.naver.com/paperoad
Tel (02)326-0328, 6387-2341 | Fax (02)335-0334

I S B N 978-89-92920-95-7 03810